三つの街
の
七つの物語

澤井繁男

未知谷
Publisher Michitani

三つの街の七つの物語

目次

三つの街の七つの物語

1

鍵

札幌

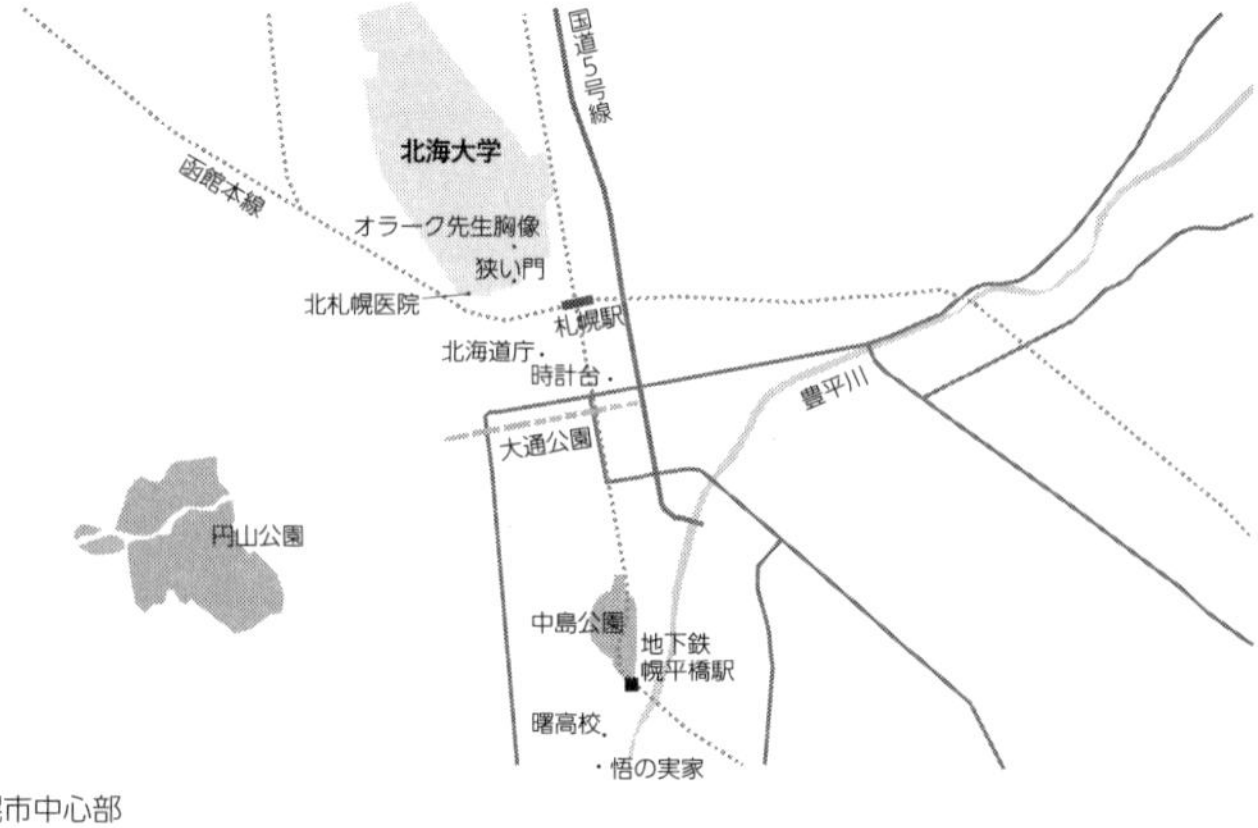
国道5号線
北海大学
函館本線
オラーク先生胸像
狭い門
北札幌医院
札幌駅
北海道庁
時計台
豊平川
大通公園
円山公園
中島公園
地下鉄
幌平橋駅
曙高校
悟の実家

札幌市中心部

助川悟は少年期に、当時もそしていまも治療の不可能な、いわゆる難病に冒された。病名は一応、フェジン症候群と名づけられたが、それはその病気を発見した研究者であるエドワード・フェジンにちなんでいる。

発症は不定期にやってきたのだが、十歳を過ぎてから定期的になった。手と足の指の関節がひび割れたような痛みを発するのだ。激痛は不意にやってきて、それが関節内に染み入って膨張し、内側から肉や関節を突きあげるのにも似た疼痛を引き起こした。また、睡眠中に生じることもあって、今度は万力で締め付けられるような痛みに耐えきれず、伸吟とともに目を覚ましてしまう。一度や二度ではなかった。

札幌では、内科でリキソニンという鎮痛剤を処方されていた。胃を荒らす薬なので胃薬であるムコサタと一緒に服《の》んだ。京都の平安大学に進学してからは、大学の付属病院に通ったところ、三回目の受診の折、フェジン専門外来へとまわされた。この病で専門外来があるのは平安大学付属病院だけだという。はじめて受診したとき、同じ難病のひとがこんなにいるとは、とびっくりした。十時ころ受付をしたが、診察を受けたのは午後一時半をまわっていた。

医者は、内科・滝口日出夫という名札を胸につけている。まだ若い。

「この種の病気を研究する医師が不足していて、ぼくのような若造でも外来を担当させてもらっているんです」

悟が挨拶をするまえに切り出した。きっと自分の若さに後ろめたさがあるのだろう。普通、外来担当の医師は四十代のベテランが多いからだ。悟は何も言わずに席についた。

「発症時期は?」

「小学生の高学年からです。地元ではリキソニンを処方してくれていました」

「リキソニン。順当なところでしょうね。ですが、当院では、べつな治療を行ないます。フェジンの原因はまだ解き明かされていませんが、いろいろ実験を繰り返すうちに、オートロラールという抗生物質を週に三回注射すれば、痛みがぴたりととまる結果が証明されています」

自信ありげに語って、「ご自宅から近いクリニックに紹介状を書きますから、これからはそこで治療に当たってください」

「それはあくまで対症療法ですね」

「はい。残念ながらそうです。原因はわかっていないのですから。『フェジン』という名の『フェ』は、偶然にも発見者の綴りと同じなんですが、『鉄分』を指しています。体内で『鉄』のバランスが崩れて起こる症状だ、というところまでは解明されていますが、その先が現代の医学の水準では『謎』なのです」

「化学で言う『Fe』ですね、なるほど。それで、このさきぼくはどうなるのでしょうか？何歳くらいまで生きられますか？」

滝口の口許がにわかに引き締まる。

「わたしにもわからないです。ただ、オートロラールをきちんと注射していれば、普通の生活が可能です。長生き出来るかどうかは、医者として情けない応えになりますが、癌とは違いますんで、結局、寿命だと、いまの時点では申し上げられません」

「それじゃ、通院あるのみですね」

「はい、もちろん。でも静脈注射だけですから」

なだめるような声音だ。

「実は、六月に母校で、三週間の教育実習を控えているんです。札幌の高校なのですが、札幌でこの治療を行なっている病院なり医院《クリニック》なりはありますか？」

「はて？　処方を紹介状に記しておけば、そのとおりにやってくれると思いますが」

「さきほど、この病院だけ、といった意味のことを仰っていましたが、大丈夫ですか」

滝口は背筋を伸ばした。

「……あのう、わたしは学部が札幌の道立医科大学で、医局は平安大学ですので、友人の医院にご紹介しますよ。安心してください」

悟は胸を撫で下ろした。

「オートロラールは、副作用はありますか」

「オートロラールの場合、これまで副作用の記録はゼロです。安心してください。ただ、週に三回、注射をしに、これからご紹介するクリニックに通っていただかなければなりません。お住まいに近い医院を、と考えています」

「ありがとうございます……ひとつ、お尋ねしてよろしいですか」

「どうぞ」

「この症候群は他人《ひと》に感染しますか？」

「感染？　さあどうでしょう。エイズとは異なる種のものですから、体液などによる接触感染はないはずです」

よかった。しかし、腑に落ちない点も残った。

滝口は最初から最後まで丁寧な診察だった。悟は腰まで曲げて礼をすると、診察室を出た。「紹介状」は会計のとき受け取ってください、と悟の後ろ姿めがけて滝口が言った。首をまわして再度、頭を下げた。

悟の危惧している点は、もっぱら「女性との交わり」が可能かどうかだ。相手のことを考えてしまうのだ。フェジン症候群で先方が同様の悲劇に見舞われるとしたら、なにも出来ない。

会計を済ませると同時に、フェジン専門の東一条の田端クリニックと札幌の北札幌医院宛の二通の「紹介状」をわたされた。二通ともに「助川悟氏病状」と記されている。悟の実家は曙高校の南方で同じく中央区にある。三週間の実習とは言え、放課後早めに出て医院に向かわなくてはならない。

番号案内の一〇四に北札幌医院の電話番号を問い合わせた。そして直接医院に電話をして、所在を確かめた。北海大学のオラーク先生の像に近い狭い門のすぐわきだという。子供の頃、よく自転車でやってきて友人たちと遊んだところだ。かの有名なオラーク先生の胸像がある。「青年よ、試練の壁に耐えて立て！」の文言で著名だが、その立像の所在地は郊外の山羊ヶ丘展望台だ。名言で使われている「トライアル」という単語の解釈が「試練」ではないとの意見を聞いたことがある。悟は「試行錯誤」だと解している。そしてプラス、「開拓者精神」だ。この脈流を開拓者三代目に当たる悟は新鮮な流れとして受け止めている。

教育実習でもこの気組みを母校の生徒に伝えられればと願っている。

悟はこの難病のことを大学の友人たちの誰にも打ち明けていない。注射一本ですむことだし、たとえ生命の問題となっても、それはあくまで個人のことなのだから。

六月の札幌は花の季節だ。ライラック祭りも開かれる。郊外の野にはスズランが群生する。空はどこまでも澄みわたり、青色ではなく紺碧に天が染められる。京都にきてはじめて梅雨を知った悟にしてみれば、この時節での帰郷は言葉では言い表わせない昂ぶりをともなっていた。

新千歳空港に兄の守が出迎えにきていた。信じられなかった。土曜日であるためかもしれない。これまでにはなかったことだ。

「兄貴、いったいどうしたんだよう。雨が降ってきそうだ」

「いや、べつに。今日は会社が休みだから、ドライヴも兼ねてだ」

「びっくりしたよ。これまでになかったから」

悟が早口で言った。

「で、体調はいいのか?」

「ああ、いい薬が発明されてね。医学の進歩に感謝するばかりだよ」

「それはなにより。ところでおまえ、帰郷するのは三年ぶりだ。みんな会いたがっている」

「三年にもなる?」

指を折りながら、驚いた風を装う。

「今回だって、教育実習がなければ、帰ってくるつもりなんかなかったんだろう。本音のところで」

図星だ。七つはなれた兄はすべてお見通しなのだ。


実習の始まる前日、北札幌医院の場所を確かめるため、兄の守が卒業した北海大学の門へと向かった。門の横に看板が出ていてすぐに医院は確認できた。そのあと門をくぐって少し歩いた。オラーク会館の手前にあるオラーク先生の胸像と久しぶりに相たいした。澄みわたった気韻が心の底からわいてくる。郊外にある山羊ヶ丘の立像のは片腕を伸ばし、おそらく「これからの時代」を見据えているに違いない。

「青年よ、試練の壁に耐えて立て!」の解釈はいろいろだろうが、立像の未来志向は、その姿で理解できた。そこにはピューリタンの息吹を感じさせる清新な印象を感ずる。

実家では両親と兄が日々変わらぬ生活をしている。父は「雪の結晶」をブランドとする乳業関連の会社に勤務していて、母は専業主婦だ。兄は地元の農機を扱う大手企業で働いている。いまだに独り身だ。身内ながら兄は悟と違って好男子だ。

守が入社したその歳、悟はまだ高校一年生だった。細やかなところによく気配りの効く人柄で、悟は守には好感以外の気持ちを抱いたことはない。

だから出迎えにきてくれたことを不思議に思わなくてもよいのだ。それよりもこの兄がいまだに独身であるわけをはかりかねている。もう三十も過ぎたというのに浮いた話を何も聞かない。

「兄貴、誰かいい女《ひと》、いないのか？」

車のなかでいのいちばんに尋ねた。フェラーリに乗っている。給料を無駄遣いせず蓄えて購入したのだろう。兄貴らしい。

軽快なハンドルさばきをみせながら、いやあ、オレはそっちのほうは不器用なんだよ、と照れくさそうに微苦笑を浮かべた。あまり触れてほしくない話柄のようだ。悟もそっちのほうは兄同様、うまくいった試しがない。兄弟二人して異性のこととなると話は速やかに進まない。それよりポケットから取り出したキーホルダーの革がくたびれ切って、エンジンの穴にぶら下がっているほうが気になった。

「買わないの?」

尋ねると、そのうちに、とそっけない応えが返ってきた。おそらく悟と同じくそうした備品には関心がないのだろう。

守もたしか高校の教員免許を取得しており、母校で教育実習を行なったはずだ。高校は二人とも同じで曙高校。守が実習に出向いていたころ、兄は帰宅するたびに、いやあ、モテテねぇと自慢した。後輩に当たる女子高生にはまぶしく映ったのだろう。化学の教師の資格を狙っていたはずだ。

就職の際、北海道の教員試験を受けるか、内定していた農機具会社のどちらに進むか悩んでいた守の姿を鮮明に思い出すことが出来る。父や母はいっさい口を出さなかった。悟は守から相談を受けたものだが、高校生の分際で兄の将来について応えられるはずがない。

「高校で人気があったのだから、教師になったら」

確固たる判断基準もなく述べた。すると守は、おまえがそういうのなら企業に進むと返してきた。悟は目をしろくろさせた。オレは、最初から、悟の回答とは正反対の道を選択するつもりでいた、ごめんな、と頭を下げた。兄にこうした一面があるのをはじめて知った。

初日、朝の職員会議で自己紹介があった。実習生は十人いた。悟のほかはみな北海道の大学だ。悟も型通りの挨拶をすませた。

ホームルームの時間に担当の教諭から一年生のクラスで紹介され、悟もひとこと挨拶した。教諭から専攻も促されたので、広い意味での英米文学ですと応えた。さらに、これからはアジア地域の研究が大切になってきますから、政治、経済、社会、それに文化などの面でアジアの諸地域の研究生が増えることを望んでいます、とつけたした。

最初の一週間は、担当教諭の英語授業を聴き、二週目から実習生が受け持つこととなっていた。

放課後、地下鉄で北札幌医院へ向かう。五時まえになんとか着いて、初回は受付に紹介状を出して、呼ばれるのを待った。門前の看板には、「内科、小児内科、放射線科」と記されている。もう子供は待合室にいなかったし、診療時間が五時半までだから閉院寸前に悟がやってきたわけだ。待合室にはこれまでひとの息で蒸れていた雰囲気が残っている。

じきに呼ばれて診察室に入った。

「紹介状、拝見いたしました。難病に罹られて、さぞかし、不条理だと思っておられることでしょう。滝口先生もお元気なようですね」

院長・田所《たどころ》雄幸《おさち》という札を胸につけている。口髭を蓄えている。

「先生、三週間ですが、ひとつ、よろしくお願いします」

「ええ、オートロラールを注射すればすむことですから、他の難病の方より楽なものですよ」と言って、ナースに静脈注射の準備を指示した。


授業はレベルを上げきめ細やかに行なった。曙高校の生徒たちはぴたりとついてきた。まず、どの英和辞典を使用すべきかを説明した。高校指定のものは推薦しなかった。みなは戸惑ったようで、見学している英語教諭も困惑気味だ。悟は事例を挙げてじゅんじゅんと説いた。生徒たちは納得したようだ。授業終了後、教諭から、いまのようなことを言われると立つ瀬がないので、今後気をつけてほしいと苦言を呈された。悟はわかりました、ととりあえず詫びた。高校側が選択した辞書の出版社は、語学、とくに英和辞典では全国的に評価の高い版元なのだが、こと学習用になると、さまざまな会社が出版していて、一強の時代はすぎていた。高校側でもよくよく吟味すれば悟の見立てが正論であると理解できるはずだ。良質の辞書を用いたほうが英語力向上につながるのは目にみえている、というのに……。

二週目からだったが、辞書のことをはじめとして、生徒の意識の刷新を心掛けた。それは端的に述べると、精読の力をつけるために種々の角度からの英文の読み込みだ。文法、構文、辞書のなかからの適切な訳語のみつけ方、等々。

ただ、生徒の側からクレームもあった。板書する際に、筆記体に楷書体を混ぜないでほしいというものだ。たとえば、「エル」を悟は、筆記体に混ぜて「L」とか「l」と書いた。「エス」もそうだ。これが生徒に違和感を与えたらしい。すぐに訂正した。通じればよい、という次元とは異なるところに生徒の関心があったのだ。

おそらく人気の点では兄の守のほうに軍配があったと想像できるが、悟にも「追っかけ」女子が幾人かいた。ジャケットの袖を引っ張るまでにまとわりつかれた。不意に写真も撮られた。若さゆえのことだろう、と放っておいた。それよりも悟が惹かれたのは、同じく英語の実習生の永井時子だ。悟の実家は高校のすぐ近くなので、地下鉄で通っている時子とは帰路がべつだ。だが自分でもわからなかったのだが、なるたけ時子と一緒にいたかった。英語科の教室では進んで隣の席で休憩時間をすごした。時子はそれを素直に受け容れてくれた。二人のあいだにめぐらされていた幕が回を重ねるたびに透明になっていった。

注射は週三回、月・水・金の夕刻だ。用事があるとうそぶいて、時子が下車する中心街の駅まで同行し、悟は降りずに北札幌医院に向かった。

ある日地下鉄のなかで悟が、

「教師になりたい？」

なにげなくつぶやいてみた。

「ええ。父も母も教員なんです」

「じゃ、遺伝のようなものだね」

「かもしれません」

時子がはにかむように応えた。丁寧語で受け応えする。顔の造りのしっかりした女性だ。それほど豊かでない胸と表情のなかに成熟の度合いがみてとれた。心根のしっかりした女性なのに違いない。そうした時子が、実習も半ばの頃、

「わたし、じつは通信教育での実習生なんです。もう、二十五歳になります。京都のある私立大学の講座に登録しています。今年で三年目。毎年の夏、京都まで出向いて面接授業《スクーリング》を受けてきています」

通信教育で著名なさる私大の名が思い浮かんだ。

歳は三浪した悟と同じだ。道理で他の実習生とは落ち着きや学習準備の姿勢が異なっている。事情を訊きたくなったが、ぐっとこらえた。それでも、いま生活はどうしているかくらいはいいと思って尋ねてみた。時子はおもむろに、とある設計事務所の経理部で働いているとはにかんだ。

「じゃ、いまは休みをとって?」

「そうです。上司が理解ある方で」

次に、教員免許の資格を取ったらどうするつもりですか、と問うた。

「教員採用の試験を受けます。そして三十になるまでに結婚して、子供がほしい」

言い切った。悟は意外に思った。ごく普通の女性の抱く夢に思えたからだ。

「北海道のですか？」

「はい。でもこのごろは京都のも、と考えるようになっています」

「……プライベイトなことですみませんが、いま誰かと？」

「いいえ。カレなし歴、二十五年です」

「信じられないな、あなたのような方が。ぼくもですけどね」

率直に応じた。その容貌、醸し出されるほどよい艶っぽさ。男が目をつけないはずがない。

そのとき悟の脳裏に期せずして三つのことが思い浮かんだ。ひとつ目はもし京都の教員試験に合格したらこのまま交際が続くだろうかということ。ふたつ目は、フェジン症候群に冒されている悟は感染の疑いを覚えて、性行為には二の足を踏んでしまうだろうこと（医師はそうした思い込みを否定していたが、そこまでしっくりいかなかった）。最後は、兄の守を紹介してなんとか兄の身をかためさせること。

「京都でのスクーリングは、いかがでしたか？」

「短いあいだしかいませんでしたが、夏はとっても暑い。あれにはまいります」

「そうでしょうね。こちらのひとには過酷でしょう。ぼくも最初はそうでしたが、いまはもう慣れました。でも、札幌のほうがずっといいですよ」

「……ええ。運よく両方とも受かったら、いまのわたしは迷ってしまいそうです」

じつは悟は今度の日曜日に映画でもみにいかないかと誘うつもりでいたが、思いとどまった。そこで切り出した。

「永井さん、いい男《ひと》がいるんです。ぜひ、紹介したいのですが」

「お友達?」

「……兄です」

「お兄さん?」

「はい。ぼくと違って男前ですよ。ぼくなんぞ比較にならないほどです」

「結婚を望んでいらっしゃる?」

守の真の気持ちはわからなかったが、カノジョいない歴ウン十年だから拒むことはないだろう。

「いちど逢ってみませんか? ぼくがお膳立てしますから。農機具の会社に勤めています」

時子はしばし思いに耽っている。

「助川先生、失礼ですけど、先生じゃいけませんか?」

その言葉にまじまじと時子をみつめた。驚いている悟が時子の瞳に映し出されている。

「びっくりすることを仰る。ぼくはもう札幌に帰ってくることはないです」

「ではどうして教員免許を?」

悟は深く息を吸い込んで、フェジン症候群を除いた、嘘の身上をとつとつと語った。

「そうでしたか。女のわたしのほうから言い出してしまって変な恰好でしたが、たった三週間ですから、これはチャンスだと思って」

しんみりした口調だ。

「うれしいことですが、事情をくみとってください。お願いします。それで、兄には逢ってみますか?」

「……考える時間を」

「わかりました。兄貴にはまだ内緒にしておきます」

地下鉄のなかでのたった十五分程度の時間だったが、実のある話が出来た。そして悟は暗に自分の寿命に自信のないことまでは打ち明けた。どうしてですと尋ねられたが、応えあぐねた。ただ、悟は、

「ぼくの場合、寿命ではなく定命だと思っています」

やはりフェジン症候群のことを告白したほうがよいのではないかと気持ちが動いた。時子のほうから正直に言ってきたのだから、その勇気に見合う心づもりを示さなくては男気が疑われるのではないか……。

地下鉄のなかであるとき時子が訊いてきた――先生はわたしが降りたあと、いつもどこへいくのですか――唐突な質問だったが、よい機会に思えた。

臍を固め、わかりやすく説明し始めた。時子の表情がだんだんと硬くなっていく。

「まあ、そんなこんなでややこしいんです。結婚なんか出来ません、このからだでは」

「知りませんでした。ごめんなさい」

「いいんです。他の実習生には内緒ですよ」

「先生の病気、リューマチとは違うんですか？」

「リューマチ？　考えたこともない」

「実は父方の祖母がリューマチを患っていて、その苦悩する姿を目の当たりにして育ってきましたから……」

「どういう症状です？」

「全身の関節に強烈な痛みが走って、祖母はその疼《うず》きに耐え切れず、涙していたときさえありました」

「薬は？」

「ポルセニドというホルモン剤でした。効いたみたいです」

「お小さい頃からですか？」

「いえ、二十歳過ぎに突然。やがて、指がよじれてきて、言葉は悪いですが、全身の関節が緩んで、『タコ』みたいになる。そして、最期は心不全でした。わたしが介護を受け持ったときがあったんですが、排便の際がいちばんたいへんでした」

「恐いなあ。ぼくのと多少とも似ている」

「ええ、だから心配です」

「ありがとう……」

「リューマチにならないでくださいね。でもね、リューマチはウイルスとか細菌とかが原因ではない。そのひとのからだのなかから、なんと言ったらよいか、わき出てくるんです」

「……フェジンもそうかもしれない」

悟は手の指が木の根っこのようにくねり、盛んに痛みを発するこの難病にいのちを削りとられてゆく、将来のわが身をみた気がした。

しかし強烈な疼痛にとつぜん襲われるこの難病だが、時子から祖母の話を聞き、なぜかほっとしている自分がいた。そして幸い時子と逢っているときには発作は起きなかった。

実習は思いのほか体力勝負のところがあって、朝も八時半から職員会議だし、放課後も注射の日をのぞいても何かと雑務に追われた。だから、注射の日、時子と一緒の地下鉄は安堵の念をもたらした。

自分も惹かれながら、難病を理由に兄を紹介すると告げてしまった手前、一定の距離を保つことが出来た。

時子が先に降りて、何回目かの通院のときだ。まいかい院内には消毒剤の異臭があふれていて、ここがクリニックだとはっきりとした刻印を受けた。田所医師も滝口医師にひけをとらぬくらいファジン病について知見が広い。

「これからどうなりますか」と訊くと、いまの段階では何とも言えませんが、オートロールを注射し続ければ、悪くなることはないです。滝口医師と同じ回答だ。

「結婚は出来ますか」

「はい。もちろんです。でも、この難病を縷々述べ立てたとき、お相手の方がすべてを受け容れてくれないとうまくいかないでしょう。病を背負ったひとの相手はそれなりの覚悟が要りますからね」

その通りだ。時子に包容力があっても、性行為を避けるかもしれない男をどう捉えるだろうか。

守に時子の話を持ちかけた。

「オレがか?」

「そう、ためらわないで、逢ってみなよ。感じのいいひとだから。美男、美女の組み合わせになると思うけどね。もう三十二だよね。兄貴にはきっかけが必要なんだ。その永井さんも結婚を望んでいるし、つきあってみなよ」

「そうか。ここらへんで考えなくては、行き遅れになるかもな」

「男は三十過ぎでもいいけど、チャンスがあれば、挑むべきだ、と思う」

守は腕を組んで目をつむった。しばし時がながれた。

「よし、逢ってみよう。日時は任せる。どうせ日曜日だろうが」

「わかった。永井さんも歓ぶよ、きっと」

翌日、悟は職員会議の終了後、時子に守の件を持ち出した。時子は手を口にあてがった。

応えがすぐに返ってこない。

「急なことでごめん。善は急げと思って」

「お兄さん、いいと言ったんですか?」

「うん。そろそろ身を固めたいと」

「何ていう会社でしたっけ」

「ホシノ農機。そこの機械部品部門で働いている」

「……どうしようかしら」

守と似たような反応だ。

「まず、逢ってから。それからだよ、交際云々は」

「……じゃ、お目にかかってみることにします」

「それとね、兄貴のキーホルダーがもう使い古しでね、気持ちが固まったら、新品をプレゼントすると、歓ぶと思うな」

悟は自分のぼろぼろのキーホルダーを時子にみせ、兄貴のはもっとひどいと告げた。

話はまとまった。悟が札幌にいる期間はあと一週間半だ。この次の日曜日しかない。そこでさっそく今度の日曜日の午後に、パルコ・ホテルのロビーで悟が二人を引き合わせることになった。


六月の第二週目の日曜日、悟は守とともに約束の場所に出かけた。時子がさきにきていた。やあっと声を張り上げ、ロビーに並んでいるソファに手を差し伸べた。兄弟が時子と面と向かって腰かけた。

悟が双方を紹介した。ひとめみてよいカップルだ。これはうまくいくぞと直感した。ウエイトレスがきて注文を訊いた。悟はすぐに帰るからと言って断った。守と時子がホット・コヒーを注文した。

「じゃ、ぼくはお先に失礼するから」

席を立ち、守に目配せし踵を返した。背中に二人の視線を感じながら外に出た。

夕方、兄はうきうきして帰宅した。

「明るくていいひとだったよ。話も合ってね」

ほっとした。これで帰洛できる。

京都にもどって半年ほど経った日、指導教授の研究室に用事があっておもむいた。すると教授が君宛に郵便がきているよ、と言って、「平安大学英米文学研究室気付、助川悟様」と表書きされた小包を悟のほうに押しやった。差出人は永井時子だ。

開けてみると、キーホルダーが入っている。メモ書きが添えてあった――大切に使ってほしい。わたし、京都府か市の試験を受けるかも、と書いてある。

そういうことか。

兄の顔がゆがんで脳裡を移ろった。

あのとき自分のキーホルダーをみせなければよかった。時子なら十中八九合格し、京都府下の教員になるだろう。

京都で本格的に交際が始まって、深まった折、どうしよう。子供がほしいと言っていた……。もちろん悟に能力がないわけではない。しかし、避妊具が必要な気がしてくる。医師は否定するけれども、やはり感染症が恐い。

悟は頭を抱えて、自分の性と時子との交接について思いをめぐらした。もとより、これは時子がほんとうに京都に出てきた場合の話だけれど……。

医師の助言を信じて時子に臨むのは容易だ。だがそのまえに、自身の病に身心ともに打ち克つことだ。ようするに心ばえの問題なのだ。だが、いつまでも相手を放っておくことは出来ない。時子は普通の、ごく健康な女《ひと》なのだから。

2

歩

京都

上：大原から鞍馬　下：京都市と亀岡市

京都にやってきた当初、悟にとって塾の講師のアルバイトを探すのが第一の仕事だった。親からの仕送りはあてにしないで暮らしていこうと考えていたからだ。

キャンパス内の求人用のポスターをみて歩きながら、少し遠くてもこれぞと思うところがあれば、電話をしてみる気だ。

文学部の学舎の掲示板に、「亀岡明智《めいち》塾」と銘打って、自給一〇〇〇円、英語講師求む、との張り紙をみつけた。まだ方向感覚のない悟に、亀岡がどこにある土地なのかわからなかった。

あたりをみわたしてその紙をはぎとった。一〇〇〇円のところが板にくっついて残った。公衆電話で、とにかく先方に問い合わせることにした。

〇七七一―二二―八一五五。野太い声のひとが出た。

「英検、お持ちですか?」

「はい。二級です」

「なら安心です。さっそく、下見にきてください」

「京都ははじめてなので……そのぉ、亀岡とは、どこですか」

「JR京都駅の0番ホームから出る電車に乗って、亀岡で下車すれば、駅前に、亀岡明智塾の看板がみえます。事務室は二階ですから」

「はい。ではおうかがいします」

「お待ちしております」


こうして悟は、亀岡の正式な位置もわからずに、言われたとおり0番線から電車に乗った。

「山陰本線」というプレイトが出ている。

驚いたことに、各駅で停車するたびに、降りる者が手動で扉をあけるのだ。これは相当田舎であるに違いない。車内放送に耳を傾けながら窓外の景色に見入っていた。アナウンスに、太秦《うずまさ》、嵐山といった観光地の名前があがる。山陰線は京都の西方に向かって走行しているのだ。この、太秦、嵐山という地域は高校の修学旅行でおもむいている。特に、太秦にある広隆寺の弥勒菩薩半跏思惟像には見惚れたものだ。倫理社会でならった、ドイツの実存主義の哲学者であるカール・ヤスパースによる、菩薩の印象を吐露した文句が添えられていた――

「人間実存の最高の姿」と。そのとき悟の思いも一緒だった。というよりも表現できる言葉がみつからず、ヤスパースの名言に自分をあてはめた、といったほうが正しい。

やがて「次は亀岡です」という放送が流れた。手動で扉を開けてホームへと降りて改札を出た。数十人のひとたちと一緒だ。駅舎をあとにすると、昼間の陽光が鋭角状に悟の頬に刺さる。手をかざした。だがそのさきに、「亀岡明智塾」の看板がない。先刻のひとは駅前、と確かに言った。悟はそのまま信じて電車でやってきたが、念を押して繰り返して確認を取るべきだった。

とりあえず歩き始める。駅前の道をわたり、右に左にと目をやった。やはり、ない。はじめての街だから方向感覚もつかめない。そこでもう一本、駅から離れた道に向かい、左右をみた。目指す塾の看板はない。不安を覚えた。二本目の通りにもない。これはおかしい、と三本目の通りに目を走らせた。すると右手のずっと奥に、「亀岡明智」の名がかすれてみえる。近づくにつれこれだと思った。

木造モルタルの造りで、三階建て。真昼の塾は閑散としている。生徒がやってくる時間にはまだ早い。

扉を押してなかに入って目の前の階段をのぼる。硝子戸の部屋が階段を上るにつれてみえてくる。ひと影が映し出されている。事務室に違いない。ノックをしてみる。はい、と返事が聞こえる。扉を開けた。

「お電話をした助川という者ですが」

「あっ、お待ちしていました。どうぞ、こちらへ」

壮年の男が腕を延ばしてソファを勧め、テーブルのまえの椅子に腰を下ろした。それを確認してから悟は席についた。

「亀岡まで、よくこられた。うれしいですよ。なかなか講師がみつからなかったもので。そう、わたし、吉井教幸《のりゆき》と申します。ここの塾長の兄です」

「助川悟です」

「平安大学生、でしたね?」

「はい。一年生です」

「ほう、一回生ですか」

悟は学年を言うとき、関西のひとが、「年」ではなく「回」を用いることが不可思議だった。理由などわからなかったが、慣習くらいだと考えている。

「塾長である弟は今日、用事があって留守ですが、先ほど電話がありまして、助川さんのことは伝えておきました。そのうちもどってくると思います。そのまえに少し、説明しておきますね。うちは中学生を対象とした塾ですが、それでよろしいですか?」

「はい。一向に構いません」

「そうですか」

電話のときの大きな声が跳ね返ってきた。

「時給、一〇〇〇円でも」

「結構です」

「もうじき四月ですから、塾はすぐに始まります。例年のとおりの数の生徒が集まっています。英語と数学と国語の三科目ですが」

「わかっています。交通費は?」と問うと、もちろんお支払いします、と応えて、弟が取り仕切っていますので、あとは弟に尋ねてください、と言い、続けて、助川さんは、写真に興味がありますか? と訊いてきた。

「写真? ですか」

「はい」

「どういう種類の?」

「実は、わたしは祭りに関心がありましてね。神社の境内で催される祭りを取材しに行って、写真におさめる。それで食べているんです」

初対面の、それもどこの馬の骨かもわからない悟に警戒心も抱かず、教幸が言い募った。

「それは……」

「火祭りがほとんどで、たまに神楽があります。京都は、ご存じのように、神社仏閣が多いですから、一年中、どこかで祭りが行われています。それを撮って、そうですね、年によって違うけれど、カレンダーにすることが多いですね。カレンダーを作っている企業・会社に、図柄として持ち込むんですよ」

「飛び込みですか？　そうですか。それは勇気がいるお仕事ですね」

感心したようすをみせたが、まんざらでもなかった。そして、このひとはプロだな、と思った。プロにもいろいろあるのだろうが、教幸は売り込み型なのだろう。おそらく、どこの組織にも所属していない、一匹狼だ。

おもしろそうな人物に出くわした。すると時間給で教えることがみみっちく思えてきた。教幸の助手として、神社をまわるのもわるくないかもしれない。もともと神社には関心があった。境内がたいてい森でおおわれ、オゾンの香しさがただよっている。寺とはずいぶん異なる。寺にひとのにおいを感ずるとしたら、神社は聖域で、自然そのままだ。高校の日本史の教諭が、神社の、「鳥居」そのものの存在がいまだに文化的に解明されていない、と言っていたことを思い出した。

「吉井さん、次のお祭りはいつ、どこですか？」

「大原の奥に、垂水《たるみ》神社という小さな社《やしろ》があってね、そこですよ。わりと有名な祭りでね、夜の八時から始まるのに、夕方からたくさんの見物客でごった返すんです」

「ぼくも、一緒についていっていいですか」

「もちろん。その社に到着するまえに、神楽の舞を同日にやる佐井川神社があるんで、そこをまず取材するつもりです」

教幸の目から光がわいてきている。

「車で？」

「レンタカーだけどね」

語調が砕けた。

「わかりました。いつですか？」

「今度の土曜日」

何のためにきたのか。授業は二週間後からなので、ゆとりがある。

「ちょっと待って」

教幸が席を立って、棚から分厚い本を下ろした。悟の目のまえに置いて、これ、最近二年間で撮った作品なので、と頁を繰り出した。

「獅子舞？」

獅子が舞っているというより、疾走している勢いにあふれた作品だ。獅子が生き生きとしている。すごいですね、と言下に言った。

「ありがとう。実物、みたことあります？」

小学校に入学するまえ、札幌の自宅の玄関で口を開けながら、くねくねと頭部をまわして躍った獅子が思い出される。あのなかにはねえ、人間がはいっているのよ、と母が教えてくれた。獅子は口を大袈裟に開いて悟に迫ってきた。あとじさりした。それでも口で悟の頭を呑み込もうとしたそのとき、母が白い封筒を獅子の口に押し込んだ。獅子はパクリと上下の唇ではさんで、悟からはなれて縮こまって頭部を下げ、さっさと踵を返して外に消えた。

恐ろしい幻をみたような気がした。開いた口に頭を食われたらどうなっていただろうか。思い出すたびにいまでも鳥肌が立つ。

あの頃、祭りと言えば、いろいろな催しがあった。

悟がいちばん愉しみにしていたのは、明治時代に完成した鉄道に宿る、激しい労働と厳寒の気候に苛まれて死去していった工夫（囚人）たちの霊を追悼する神輿《みこし》の行列に、参加することだった。法被《はっぴ》にねじり鉢巻《はちまき》姿で、わっしょい、わっしょい、と市内を練り歩くのだ。

列は長くゆっくりと進む。そのありようが当時の時間感覚にふさわしかった。悟やその友達も急ぐ必要はない。時はゆるやかに流れていた。

そして小学校、中学校、高等学校と、時間が悟を追い抜いていくようになる。腕を延して捕まえようとしたが、するりとかわされる。この急流についていくには、高卒で札幌を離れるのなら、東京よりも、京都の地に住むほうがよいと思いなした。

すると、神社の祭りを撮影する人物にたまたま出会った。渡りに船ではなく、奇貨居くべしだ。

「月に何回くらい、出向くのですか」

「そりゃ、神社が行なう祭りしだいで回数も変わります。撮影する側にも力がはいる。観光で有名なところばかりでなく、今度の土曜日に行く辺鄙な場所にある社なんか、祭りの特異さでもっているものです」

「そうですか。神社の祭りなんか、露天商で賑わうものばかりだと思っていました」

言い終えると、悟は再度、札幌での縁日での思い出に身を沈めた。そこは小さな神社で、神輿などとは縁がなく、ただ境内にあふれんばかりの露天商が軒をつらねた。街の中心部にあってか、たくさんの子供たちの声でざわざわしていた。悟の好物はリンゴ飴と綿菓子だ。この二つにありつけたら、ご機嫌なのだ。りんご飴は特に人気の品ですぐに売り切れた。街中の三つの小学校から生徒たちが集まってきていて、知らない顔もあったが、毎年顔を合わせているうちに親しくなっていった。中学校で一緒になるまえの交流の場だった。

大学生のいま、そういうのを「出会い」という言葉で言い表わすことが出来るが、当時はそのようなものではなく、単なる「遊び仲間」だ。けれど、それだけで楽しかった。おでこに皺を寄せ、歯をみせながら哄笑していた自分が思い浮かぶ。

「助川さん、京都には『地蔵盆』という、子供を対象としたお祭りがあるんです。知っていますか？」

「いえ、初耳です」

「子供のための行事で、それぞれの町内の大人たちが、ゲームやヨーヨー釣り、影絵や紙芝居、流し素麺など、いろいろ工夫をこらし二日間にわたって、子供たちと一緒に過ごす。言ってみれば、お盆の子供版。八月の二十日前後に」

「味のあることをしますね。古都ならではですね」

札幌での大雑把な祭りとは異なる、とても密度の濃い――それは大人と子供との一体感と言う意味で――ある種の歴史を感じる。だが、札幌のそれがからりとした印象を受けるのに、京都の場合は湿気た感じがわいてくる。

「公園などにテントを張って、そのなかで、『行事』が行われるわけ。わたしの自宅は左京区にありますが、朝の十時頃から、例えば、プールの監視役とかテント設営とかに駆り出されてたいへんですよ。毎年、子供たちが愉しみにしていますから、こちらも文句を言わず、ですが。左京区の図書館に行って紙芝居を借りてきて話をきかせることもやった。わたしには子供はいないんですが、町内行事なので」

「何か、カマクラみたいですね」

「あっ、それそれ。気がつかなかった」

教幸の表情が一変した。

「さっき垂水神社の祭りの話をしましたね。あの社は大原の奥で、あそこらへんは、静原、市原、大原、といったように『原』のつく地名が三つもそろっていて、なにか『昔』を感じさせるんです。垂水神社も佐井川神社も、霧のなかにそのたたずまいをみせていて、祭りもそれにふさわしいものなんです」

「今度の土曜日が待ち遠しいです」

「ええ。期待に応えられればいいですが」

そこへ、背の高い男が、ガラガラと扉の車の音をことさらと響《とよ》ませてのっそりとやってきた。

「早かったな」

教幸が言った。

「一件、あしたにまわしてもらった。せっかく講師の先生がきておられるというのだから」

「この方が午前中に電話をいただいた助川さんだ。弟で塾長の和政《かずまさ》です」

悟は立ち上がり礼をして名乗った。

「吉井和政です。よろしく。はるばる亀岡まで、ありがたい」

「いえ、教えることは好きですから。それにいま、お兄さんのほうからお祭りの写真をみせていただいて、その迫力に圧倒されていたんです。祭りのこともうかがっていました。今度、ご一緒することになりました」

和政は教幸をねめつけた。

「ぼくも関心があったのです。北海道で育ったぼくには、地元での祭りの経験もあるし、なによりもアイヌの火祭りがありますから」

「そうですね。熊祭りがありますね。身内のことをほめるのも何ですが、兄の写真はみる者の胸の底に強烈な印象を刻み込みます。わたしも凄いと感じてしまいます。カレンダーの絵に使ってくれる会社があることにも頷けますよ」

「……いやはや、弟にこんなふうにほめられるとは。はじめて聞いた」

教幸はそう言ってはにかんだ。幼子《おさなご》のそれだ。塾長とは兄弟でありながら兄のほうに少年が残っている。芸術家という種類に属する人物というのは、こころやからだに質朴さをたくわえているのだろう。純粋と言えば的を射ているが、そんな言葉で片づけられるものではない。深い淵をじっと眺め下ろしている、透徹した視線の果てにあるもの、それを教幸は見定めようとしている。カメラのレンズがおそらく淵の彼方のものを捉えて像に仕立てていくのだろう。絵画にも、写真に似た精巧な作品があって区別のつかないときもある。ともに奥行きがある。だが、絵画の場合、それは遠近法という技術による。写真は対象物をすべて切り取る。切り口に写真家の意図や思念が潜んでいる。

「それで、週、二回、きてくれますか」

悟は我に返った。

「はい。月曜と木曜の、夕方五時からですね。大丈夫です」

「京都のどこです、お住まいは？」

「平安大学の傍です」

家賃が安くて普請を必要とするアパートだが、よしとした。

「そうですか。ここいらの生徒は素朴ですが、勉強のほうはいまひとつで、教えるのに苦労されるでしょうが、ご尽力ください。ぼくは国語を担当し、数学はまだ決まっていません。あと二週間で始まるというのに」

亀岡の塾では講師がやはり集まりにくいのだろうか。ただ言われたとおりに電車でやってきた悟にはいまだ亀岡の位置がわかっていない。

そのとき教幸が、店番はおわったようだから、オレは引き揚げるよ、と言い、悟に土曜日の待ち合わせ場所と時間を言いおいて、出て行った。

「助川さん、兄に歩調を合わせる必要はないんですよ」

「どういうことです」

そこで悟はあっと思い返して、それを和政に告げた。

「そうでしょう。こんな小さな私塾が駅前通りにあるはずがない。その三本奥の通りに、わが塾はある。申し訳ありませんでした。よくやらかすんですよ。兄の頭のなかは写真でいっぱい。ほかのことはどうでもいい。よくみつけてくれましたね」

「はい。探検家の気分でした」

「そう言ってくださると助かります。兄にはぞんざいなところがあって、すべてを任せられない。あまり近づかないほうが賢明ですよ。過去にも、何人ものひとが嫌な思いをしていますから。芸術家というのは偏屈な人物が多い」

「……お訊きしたいことがあるんですが、ここ亀岡は、京都府のどこらへんにあるんですか」

さもありなんといった塩梅《あんばい》で、和政が抽斗《ひきだし》から地図帳を取り出して、悟の眼のまえに近畿圏の頁を広げた。

折り目のところは琵琶湖だ。湖の青の上に赤で「滋賀」と銘打たれている。その左となりが京都だ。県庁所在地の「京都」は赤い方形で記されている。はっと思ったのは、京都府全域が示されていないことだ。南は奈良県。ところが北方が……。それに気がついて和政が一頁まえをめくってくれた。ぐにゃりと曲がって日本海までが府内だ。丹後半島も舞鶴市も京都府下。はじめて知った。と、左ヨコは兵庫県で、志賀直哉の短篇で著名な城崎の名がある。兵庫県といえば、神戸や加古川、姫路や赤穂を思い浮かべてしまうが、みな瀬戸内海に面しているのに、北部は日本海沿岸まで県下だ。京都府での「発見」と、同じ発見をするとは、いちどに二度の驚きだ。

ところで問題の亀岡は？　太秦、嵐山と、電車が停まっていったのだから、西のほうに延びている路線に目を凝らしてみる。

「保津峡」の次が「亀岡」で、「山陰本線」とある。綾部、福知山へと向かっている。そしてびっくりしたのが、亀岡の南はすぐに大阪府なのだ！　複雑な地形をみせている大阪府の北側だが、そのポコンと頭部が突き出た、そのすぐ上に亀岡が控えている。

京都から車で西北に向かって亀岡にたどりつき、ハンドルを左に切って南に向かえば、明神ヶ岳が控えていて大阪府高槻市との境界だ。ひとつ利口になった気分だ。亀岡は昔も今も交通の要路なのに違いない。だが、通過点だから人口の増える余地に恵まれなかった。だが、昨今は、京都市のベットタウンになっているかもしれない。

「わかりましたか。大阪に近いんです」

「納得しました。ぼくは地図を眺めるのが好きなんですが、ここまでは知らなかったです」

言い終えて、高校時代のクラスメイトに鉄道の時刻表マニアがいたことを思い出した。彼は時刻表の面白さ、奥の深さを熱心に説いた。悟も一時期、時刻表眺めを試みたが、友人の瞳に数字が列車の形を取って進んでいるのに感づき、虫唾《むしず》が走ってやめてしまった。

土曜日の夕刻、悟は待ち合わせの場である平安大学の正門まえにたたずんでいた。ほどなく教幸が白のカローラで乗りつけた。亀岡明智塾で話をしたときとは打って変わって引き締まった表情だ。プロの自覚が顕われている。

悟は助手席に乗り込んだ。

「さあ、出発だ。今夜はちょっと帰りが遅くなる、いいですね」

「はい。構いません」

教幸が頷くと同時に車は発車した。

「佐井川神社では神楽。垂水神社では火祭り。この順番で始まってゆきます。どちらかと言えば垂水神社のほうが名を知られていて、境内にはおさまりきれないほどのひとたちで賑わう。八時から始まり、闇夜のなかで火が映える。佐井川のほうのみどころは、豪快な舞です」

「何時からです、佐井川は?」

「六時半ころから。いまから行くとちょうどいい」

教幸の声は自信と経験に裏打ちされていて、それ以外入り込めるものはない。黙って座席に身を任せて前方に目を凝らした。寂光院や三千院で有名な大原に向かっている。はじめて訪れる場所で、観光地で著名な箇所を通りすぎていく。わくわくする。車はしだいに民家のない、ひらけた野を走りぬいて行く。

「助川さん、ぼくの家は市原にあってね、まわりのひとたちはほとんどが職人さんです。信楽焼の名人、正絹の帯地で西陣の帯を織っているひと、それに映画のプロデュサーとかね。そしてぼくはカメラマン。みな自由業。気が置けないひとたちばかりでね、暮らしやすい地域です」

「どういうところです?　その市原って、ところは?」

「市原野とも言ってね。静原とともに、その昔は、貴族の子供を預かる乳母たちが住んでいたと言われています。左京区の北の端ですよ」

「そうですか」

「今夜、泊まっていきませんか」

その唐突さに、応えあぐねた。

「夜《よ》もふけると、流しのタクシーの通るところでもないし、アパートが平安大学の近くときているから、難儀しますよ」

「待ち合わせ場所まで送ってください」

「そうもいかない。レンタカーを返す時刻に当たっていて……わかってほしいな、この気持ち」

とつぜん、時刻表の数字が並んで動いている様が浮かんだ。

「ま、いいさ、きっと泊まる気になるから。いまは、佐井川神社にまっしぐらだ」

郊外に出ても、観光地大原へ向かう街道は混んでいる。渋滞している地区もあって、悟たちはスムーズに進めない。教幸はこのさまを計算に入れて、夕刻まえに悟を拾ったに違いない。抜かりないプロの写真家の腕が光っている。おそらく、佐井川で撮り終えるとすぐに垂水におもむける算段となっているのだろう。

車はやがて狭い道に入った。悟たちの車しか走っていない。両側は崖だ。大原の奥だろう。

「このまま道にそっていくとどこに出るんですか?」

「福井県」

悟は亀岡の位置を説明してくれた和政の表情を思い起こした。帰宅したら今回の経路を地図帳で調べてみよう。

「もうすぐで佐井川神社だ」

そう言うと、教幸はハンドルを左に切った。車一台くらいなら通れる小路が崖にうがたれている。砂利道だ。タイヤが小石を蹴散らしている。車は微動だが揺れている。五分くらいで、佐井川神社に着いた。人気がない。社務所に薄ぼんやりと、光が灯っている。神社の正面に向かって右手に舞台が設《しつら》えてある。ここで舞が行われて奉納されるのだろう。春分を過ぎたいま、五穀豊穣を念じての舞に違いない。

教幸が車を境内の入口と思しきところに停めて、外に出た。悟も続いた。

「小さな社《やしろ》でしょ。もうじき、三々五々と観光客が集まってきますから」

「この舞台で神楽が？」

「そう。かなり荒っぽい舞でね。三十分くらいかな」

そのとき、社務所から神楽の衣裳を身に着けた人物が、カセットデッキを携えて舞台にやってきた。いつのまにか背後から観光客のざわめきが聞こえてくる。

男は舞台に上がるとカセットを設置した。衣裳には見覚えがあった。札幌の練り歩きのときの「天狗」の身繕いによく似ている。悟はそうした役柄に一度でいいから就いてみたかったが、なぜか果たせずに終わった。

音楽が流れ出して、舞が始まった。教幸は自分の目線より高い場で舞う「天狗」を、地面にきちんと足をつけて、パシャパシャとやみくもにシャッターを切り、フラッシュもたいた。ピカッ、ピカッとあたりに光が走る。場所を移しながら繰り返した。教幸を取り囲むように十人くらいの観光客が見入っている。

撮影が最高潮に達したときだ。「天狗」が唐突に舞をやめて、教幸に、とげとげしい口調で、「神事だから、写真は控えてほしい。こちらも気が散って踊れないんだ」とぶつけた。教幸は、黙然《もくねん》としてカメラを目からはなすと、「あんたこそ、集中が出来ていないんだ」と豪語して、悟に、さあ、行こう、と声をかけた。

「あいつは最低な男だ。誠心誠意、舞っているなら、写真なんかに気がつかないはずだ。難しいんだよ、被写体との距離感っていうやつは。次は垂水だ」

教幸と悟は車に乗った。車は向きを変えて、小路をスピードを上げて進んだ。

「ああいうこと、よくあるんですか?」

すでに街道に出て、先刻の件など、吹っ飛ばすような勢いで運転している教幸は、

「よくある、って言われればそういうことになるかな。写真って残るだろう。たいがい、一

応に警戒はみせるんだ。撮影のまえに許可をとるのが礼儀に叶っている。でも、さっきの場合は、お神楽だったので、舞い手に心の乱れはないはずだと踏んでいたんだけど、とんだ偽物だった」

悟は本殿の斜めまえに設けられていた、地上、一・五メートルほどの高さで正方形の舞台を思い起こした。踊りによって神々が降臨される聖なる場ではないのか。緋色の衣裳に身繕ったあの天狗はそれをみずから穢したことになる。

「助川さん、垂水はぜんぜん違うよ。なにせ、火祭りだからね。見物客も大勢きているし、白黒の世界ではないからね」

教幸は暗に佐井川神社に半畳を入れたつもりなのだろう。

やがて車はひとであふれている垂水神社の駐車場に着いた。駐車場があることにまず驚いた。教幸の言葉通り、名の知れた祭りなのに違いない。鳥居をくぐったあと参道がずっと奥まで延びている。そこを観光客が急いで歩いている。

「賑わっていますね」

「例年、こうなんだ。撮るほうも気合がはいってくる」

悟が頷く。参道の両側には露天商がずらっと軒を並べている。晩から始まるのに、店を出して、果たして客が立ち寄るのだろうか。焼きそばの匂いが空腹に突き刺さってくる。

「場所を取らなくては。ついてきて……」

すべて言い終わらないうちに、教幸は駆け出した。悟は後を追った。

煌々と輝く火が悟を待っているに違いない。札幌での少年時代の祭り、まだみたことのない地蔵盆の、蝋燭で薄明るく内側から膨らむテントの色彩――みんなが絡まった糸のように押し寄せてくる。足の速い教幸になかなか追いつけない。どんどん離されていく――そしてついに見失った。

どうしようか。参道の終わりまでくると、ひと、ひと、ひとだ。佐井川神社どころではない。本格的な祭りだ。本殿に近づくにもひと垣を乗り越えていかなくてはならない。こうしたなか、教幸はどこにカメラの位置を定めるのだろうか？　さらに火祭りはどこで行われるのか。

悟はひとの群れのなかに分け入って、本殿までなんとか進むと、賽銭を投げ入れて綱を握ると、鰐口《わにくち》を鳴らした。背後から続々とひとの波が押し寄せてくる。悟はわきによって、身を潜ませた。なぜ、そうしたのかわからない。圧倒的なひとの海のなか、沖に流されないように、小舟を岸にロープで無意識につないだといった感じもする。

そのときとつぜん太鼓の音が響きわたった。腹の底に打撃を加えるほどの重量感だ。期せずして悟は下腹を両手で押さえた。太鼓は打たれていく。歌劇の序曲のようだ。小学校の音楽の時間で聴いた「タンホイザー序曲」にそっくりだ。

太鼓のうねる音にしたがって群衆が左右に分かれ始め、本殿の前に空間が出来た。そして、篝火《かがりび》があたりを照らした。神々しい輝きだ。教幸はどうやってこの、火事にも似た火の空間を写しとるのか。その教幸の姿がまだみつからない。左右いずれかのひとの波のなかにいるはずだ。彼がシャッターを切る、そのときがみたい。

するといまさっき出来た火の輪のなかへ、宮司を先頭に神輿が現われた。肩を出した男衆に、二、三人の女衆たちが、六人ずつ片側から神輿《みこし》を支えて、ワッショイ、と叫んだ。と、観衆も、ワッショイ、ワッショイ、と和した。

神輿が篝火の灯りに照らされて浮いたり沈んだりしている。

悟は本殿の片隅から、フラッシュの光を見届けようと懸命に目をこらした。太鼓はやまないし、神輿は若い衆のほかに群れのなかから走り出たひとたちにも担がれている。この混雑、教幸をみつけるほうが無理なのか。

神輿は激しく斜めに持ち上がり、三角形の一辺を滑り落ちるように沈み込む。

担ぎ手の顔が火であぶられている。夜の祭りとはこれほどまでに熱気につつまれるものなのか。はじめての悟の胸の底にも火が灯った。もう教幸などどうでもいい。

悟も駆け出して神輿を担いだ。神輿めがけてピカッとフラッシュが何条も走ったが、悟は気がつかなかった。

しだいに太鼓の音が静まって、観衆が三々五々引き上げ始めた。神輿を担いでいるのは神社の関係者だけとなった。

悟はそれとは知らず、いつのまにか、ひとり残された。

神輿も退いて、本殿前の広場には悟だけになってしまった。突然、水を打ったような静寂に包まれる。にわかに居ても立っても居られない焦燥感に襲われる。帰らなくては。教幸はどこにいるのか。振りかえると参道が暗闇の底に鈍くその道筋を浮かびあがらせている。そうか、駐車場で待っていてくれているのだろう。

闇夜の道を歩き出した。参道が長いことは先刻承知だ。いまは闇にいくぶん慣れた目を生かして進むだけだ。それでもいつのまにか速足となっている。せせらぎの音が聞こえてくる。参道の脇を流れている小川ではないのか。くるときには気づかなかったが、小川があるのだ。

駐車場に着いた。

乗用車が一台も停車していない。白のカローラもない。ひとりで帰ってしまったのか。そう言えばレンタカーを返す時間云々とつぶやいていた。

置いてきぼりをくらったことになる。教幸の家に泊めてほしいと返事をしていたらこうはならなかったかもしれない。

にわかにふさぎ込んで、柵に寄りかかった。深奥な鍋の底にいるようだ。夜という網に絡め取られている。歩いてもどるしか術《すべ》はない。諦めて立ち上がると、街道に出た。あたりは静寂に支配されている。車一台がやっと通れる幅の道を大原に向かってたたずむ。大原の先の市街地までも距離がある。無事にたどりつけるだろうか。

空腹感が蘇った。

それにしても、教幸にはあきれてしまう。塾長の警告が思い出される。でも、置きっぱなしはひどすぎる。暗闇のなかで臍《ほぞ》を噛んだが、後の祭りというものだ。舌打ちするのが関の山か。

そう思うや、墨で塗りつぶされたような空間に一歩踏み出した。

3

花

京都

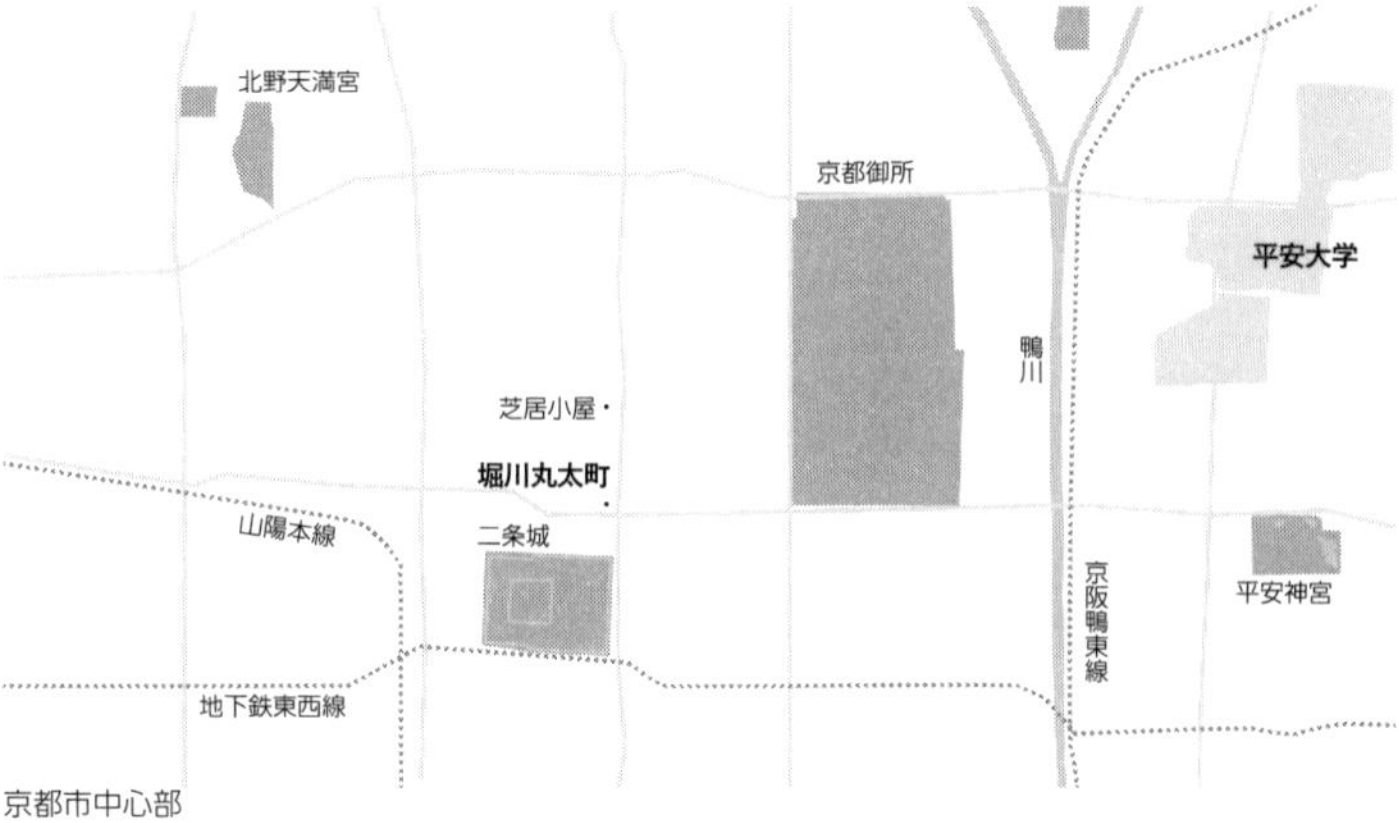

京都市中心部

向田彩夏《むこうださやか》の結婚披露宴の招待状が助川悟に届いたのは大学を卒業してから三年経ってからだ。男子への招待状が悟ひとりかどうか気になって、彩夏と同じバスケット部員だった宮本《みやもと》卓司《たくじ》に電話してみると、卓司のところにはきていないという。こうした宴の場合、知り合いがいないと所在なくて「壁際族」になってしまう恐れがある。会場の壁にもたれかかって、ビールをちびりちびりと舐めながら、そこにいるひとたちの背中や横顔をどことなくみつめるという具合だ。

結婚披露宴の場合は席が指定されているからその分気が楽だが、同じテーブルに話し相手がいないと、これまた寂しくて退屈だ。席の設定は招待者側が決めるので、こちらとしては何とも言えない。

卓司は電話でこう切り出した。

「相手はだれなんだ?」

「柴田光司とある」

「柴田さんか。バスケットボール部の先輩だ」

悟はもちろんそのことは知っていた。

「助川よ。おまえ、出席するつもりなのか?」

「……まずいか?」

「おまえと向田さんとのいきさつを多少とも知っているオレとしては、男としてここはあえて欠席に○印をつけるべきだと考えるのだが、そうは思わないか」

「めでたいこととして割り切っているつもりだが、ダメか」

「そういうのなら文句はつけないが、あの古米のこと、どう思っている?」

「あれは、あのとき解決済みだ」

「そうか、それでも、オレなら断るな。もっともそうした経緯のあるおまえに招待状を送るほうの心根もはっきりしないが」

「宮本の言いたいことはよくわかる。だが、スピーチの依頼までされている。出ざるを得ないだろうが」

「……スピーチとはね」

「悪気はないはずだ」

受話器からため息が聞こえる。

「ま、おまえの決断しだいだ」

がちゃんと受話器を置く音が耳に響いた。

悟は卓司の異見からにわかに学生時代へと引きずり降ろされた。


学生生活のなかで友人をみつけるには、部活やサークルに参加するのがいちばん手っ取り早い。そうでなければ、少人数制の語学のクラスでの出会いに望みをかけるかだ。大学生になる頃にはたいていのひとは人格形成されているから、あえて友達を作らなくてもよい人間も現われる。

悟は部活やサークルにははいらず、二十名のフランス語のクラスのなかで仲よくなれそうな男子あるいは女子を、言葉は悪いが、特に女の子に狙いを定めたいと望んでいた。毎週一回切りの講義だが、教授が座席表を作ってくれたおかげで、三週間も経つ時点で、クラスメイト全員の名前を覚えてしまった。さらに住所録を作ろうという提案もされた。

男子七名、女子十三名。

悟は隣の席に坐った卓司と話をしてみて、この男ならうまくやっていけそうだと直感した。

卓司は四国は愛媛県の城下町大洲《おおず》市出身とのことだ。

「ぼくは北海道」

「北海道のどこ？」

「札幌だよ」

「そう。エキゾティックで、だだっぴろい大地が思い浮かぶな」

「まあね。愛媛県だって松山は北部にあるけど、大洲にせよ宇和島にせよ、四国の東半分を占めている。特に宇和島は仙台伊達家中の支藩ではなかったたっけ？」

歴史好きの悟は、ＮＨＫの大河ドラマを毎年必ずみていて、そこからたくさんの知識を得ていた。それに大洲は人気映画「寅さん」の舞台にもなったはずだ。

「大洲は静かな街だけど、その分、活気がなくてね。観光客でにぎわう京都とは雲泥の差だよ。京都はどこへ行ってもひとが地図をみながら歩いているんだから」

ここで悟も卓司も標準語で話をしているのにふと気づいた。愛媛県独特の言いまわしがあるはずだろうが、卓司はそれを出さずに喋っている。北海道のひとは標準語を話すとよく言われるが、そんなことはなく、アクセントの位置に独特なものがある。

卓司は医学部の学生で、悟は文学部生だ。学部は違えどふたりは気が合った。もし卓司が工学部や経済部生だったら、肝胆相照らす仲にはならなかっただろう。卓司はこんな話をしてくれた――理学部は科学の基礎を学ぶ学部。それに反して工学部は応用だ。医学部は基礎と臨床に分かれるが、オレは基礎に進むつもりでいる、と。

悟も、文学部が理学部に該当すると応えた。特に哲学科はその最たる学科だ、と。

卓司は続けて、

「数学も、純粋数学と応用数学の二つに分かれる。どちらも『数学』に変わりはないが、違うんだな、スタンスが」

「なんとなくわかる気がするよ。文学部内でも分かれるよ。例えば、哲学専攻と心理学専攻の学生の差。要するに自分の立ち位置をきっちり把握することだな」

「イエスだ」

少人数での語学授業は平安大学の売りのひとつだ。専任のほかたくさんの非常勤講師がいる。予備校講師と掛け持ちのひともいた。そういう先生のほうが教え方がうまかった。予備校では生徒による授業アンケートがあるから、絶対に手抜きが出来ないという。悟には愚痴のように聞こえた。なら大学での授業は適当ですませていいのか。

フランス語の授業があるとき、帰路、悟と卓司は一緒だ。卓司は医学部生なのによく本を読んでおり、いや医学部生だから読書家なのかもしれない。悟がはっとするような書を挙げた。例えば、野間宏の「暗い絵」、椎名麟三の「永遠なる序章」といった戦後文学の代表作。

「どうして？」と問うと、親父の本棚に並んでいて、初めは好奇心からだったけど、だんだんハマってしまってね。

「君も読んだだろう？」

返事に窮したが、文学部生のプライドもあるので、ああ、とすげなく返した。卓司が悟の顔を覗き込んだ。バレたなと思った。すると卓司が言葉を継いで、

「オレの卒《で》た高校は、進学校だけど、それを謳うことはなく、クラスも文系・理系に分かれていなかった。医者志望もいたが、助川のように文学部、それに法学部、経済学部などを狙っている者もいて、みんなで刺激し合ったものだ。愉しい高校生活だったよ。ただ、女子が一クラス十人に満たなくてさ、奪い合いというわけでもなかったが、水面下ではいろいろあったようだ」

「……それならオレの高校も同じだったよ。みな勤勉だった。全校で百番以内の成績の者は、東都大学、平安大学、北海大の医学部、京都市立医大はじめ各大学の医学部、それに、近畿圏や関東地方の難関私大に合格していったよ」

「似てるな」

卓司はそう結んで、

「ところで、フランス語のクラスで、いちばん綺麗な女《ひと》は誰だと思う？」

「あのクラスでか。そうだな、花と華の印象から分けると、花は向田さん、華は樋口さん、というところかな。華のほうが艶《あで》やかで、花は慎ましいと言おうか……」

「なるほど。河田さんもいいと思うが」

「あの女《こ》は可愛いの類だ」

「品定めにもいろいろあるな」

「そう、あとは好みの問題だ」

「いろんなタイプの女の子がいるけど、オレの好みをあげるとすれば向田さんだ。あのひとは一見すると地味だが目を凝らすと美人だよ。そう思わないか?」

「思う」

そこで卓司がひと呼吸おいて、

「実はもう映画に誘ってみたんだ」

「えっ? いつの間に」

卓司が頭をかきながら、

「夏休みのまえだ。結局断られてしまったんだけど。そのわけがあいまいでね。腑に落ちないんだよ。二人ともバスケットクラブだから、うまくいくと思ってたんだが」

「……同じクラブだったのか。なら、接する機会もあるだろうからな。次はオレが誘ってみようかな」

「やってみろよ。受け容れてくれるかどうかの保証はないぞ。あのひとは結構好みがしっかりしている気がするから」

悟にはある程度の自信があった。教職向けの英語の授業で、二人はいつもまえから三番目の、教卓からみて左手の席に腰かけている。英語の語源を論じたおもしろい授業だったので、私語のない九十分だった。終了時を見計らって悟は学生主催の演劇に誘った。

「『群れる』いう劇団で、京都ではちょっとは知られた劇団なんだ。どの演目にも『電信柱』が出てくる。入場料、たったの五百円。今度の土曜日。行かない？」

「……わたしでいいの？　樋口さんか河田さんにしたら？」

「いや。そういうことはぼくが決めることだ。その二人でなく向田さんをぼくは選んだ」

すると彩夏が、

「うん。みてみたい」

「オーケーということだね」

彩夏が頷いた。卓司のやつに報せなくては。あいつ、びっくりするだろう。なにせ医学部の学生を彩夏は袖にしたのだから。うまくいったら、彩夏は玉の輿に乗れただろうに。

選択の基準を訊き出せたらという興味もわいた。

季節はもう立冬を過ぎていて、古都京都では紅葉が訪れる。風にたまに冷たさを感じる。

当日、二人は平安大学の文学部の建物のまえで落ち合って、堀川丸太町の近くにある劇団自前の芝居小屋までバスで向かった。悟は普段着だが、彩夏は化粧を施していて艶っぽくみえた。

「劇場と言ってもね、そんなたいそうなものではなく、まあ、小屋くらいだと思っているといいよ。演劇をみるのははじめて？」

「ええ」

バスを降りてから悟の歩度にやっとついてきている彩夏が後ろから声をかけた。

「助川君、もっとゆっくり歩いて」

背後からの呼びかけに悟は立ち止まって振り返った。大柄な彩夏が顎を出している。額は汗みずくだ。

「ごめん。つい……」

「助川君、これまで女のひとと歩いたこと、ないでしょう」

「えっ？」

「わかるの、わたし。三、四回そうした経験のある男《ひと》はきちんと女性の歩度に合わせてく悟は我に返ったように彩夏をみつめ直した。丸裸にされているようだ。

悟は彩夏の位置までもどった。

「これでいいの。わかった助川君。女の子を大切に扱わなくてはね」

勝ち誇った声だ。あとどれくらい？　という問いかけに、悟はわざとらしく腕時計に目を走らせて、開場まで十五分あると応えた。

「そうじゃなくて、その小屋に到着するまでの時間のことよ」

「そうか、それは、五分くらいかな？」

また腕時計に目をやる。そうした悟の狼狽ぶりに彩夏は微苦笑を浮かべている。

「じゃ、もうすぐね」

「ああ」

「開演が六時半なのだから、急ぐ必要ないわね」

「結果として、そうだ」

「あのね、ひとつ、訊いてもいい？」

「どうぞ」

ふたりは肩を並べている。

「ご飯、好き?」

「……うん?」

「自炊している?」

「まあ、毎日じゃないけど」

そうは応えたものの、実のところ、毎日の夕食は外食で済ませている。

「よかった。わたし、恥ずかしいけど自炊しないで、外食派なの。クラブの女の子たちと一緒に。それで田舎から送ってくれるお米に手をつけていないの。棄てるわけにもいかないから、もらってくれないかしら?」

「ああいいよ。お米は棄てたらバチがあたるからね」

「よかった。今度、取りにきて」

「わかった。田舎って、どこ?」

「新潟」

「米どころだね」

「ええ。うちは農家なの」

彩夏はそう言うと口をつぐんだ。表情を消してしまった彩夏には近寄りがたい雰囲気が漂っていた。悟も黙って歩を重ねた。

小屋のなかはもう満員だ。舞台と客席のいちばん最後尾との距離は十メートルもない。それに椅子ではなくゴザが敷かれている。靴は劇団側が用意したビニール袋に入れて膝の上においてくれ、とのことだ。

彩夏は眉を寄せ、鼻をぴくぴくさせている。ゴザの醸し出す草いきれにも似たにおい、ひとの息でむれた会場内の空気がどっと押し寄せてくる。まずいところへ連れてきてしまった、映画かコンサートにすればよかった。

「ま、空いたところに坐ろうか」

「うん。人気あるんだね」

「このまえ言ったとおり、京都で一、二を争う学生劇団なんだ。年二回、公演しているらしいけど、いつも満席」

「助川君、ありがとう。こうした雰囲気、ほんとうはわたし好きなの。はじめはびっくりしたけどね」

意外な感想にほっとした。それでも、

「映画のほうがベターではないかと思ったんだけどね」

彩夏はゴザに腰を下ろしながら、

「むろん映画もいいわよ。でもこっちのほうがライヴだし、わくわくするわ」

「そうか、それはよかった。ところで、バスケット男子部でフランス語が同じクラスの宮本が、映画にさそっても、断られた、と言ってたよ」

寸時考える様子をみせて、彩夏が口を開いた。

「宮本君はいいひとだけど、わたしの好みではないの。三回ほど声をかけてくれたけど、全部、適当な言いわけをこしらえて断ってしまった」

悟は、受け容れてくれない彩夏のことを無念そうに語った折の、卓司のにがり切った表情を思い起こした。最初からムダだったわけか、気の毒に。となれば悟はタイプなのかもしれない。単純にうれしかった。

「助川君、いまのお芝居、結局、何を訴えたかったの?」

彩夏が困惑した眼差しを悟に向けた。さもあろう、サーカスのように飛んだり跳ねたりを繰り返しながら、劇は一見、無秩序のように進行していく。科白の数もすくなく観客は役者の身振り手振りのなかに言葉を見出していかなくてはならない。みていて疲れる。聴覚に働きかける芝居ではないので、途中退座する者も少なくはない。たった五百円の観劇料だから退出を気にかけるひとは皆無だ。

悟も、くたびれ果てた彩夏に声をかけてみたが、最後までみるという応えが返ってきた。

しかし、終了後に彩夏から出た疑問、苦言の類にはやはりと頷かざるを得なかった。

「とんでもないものみせてしまったね。悪かった」

「それはいいの。わたしが知りたいのは、ああした演技で何を観客に投げかけようとしたか、なの」

「最初に言ったように最後に『電信柱』が出てきたよね」

「ええ。あれって、何の象徴？」

「……あれはさ、ま、露骨な表現になるけど、ペニスだと思う」

彩夏がびっくりして悟の目を覗き込んだ。

「ぺ……？」

「ああ。それしか考えられない」

「唐突過ぎない？」

「そこなんだけど、『電信柱』が立てられるまえの、体操選手さながらの演技は前戯とみなせばいいんだ」

目をこするように彩夏が聞き入っている。

「わたしには想像もつかないわ」

「ぼくにはピンときたけど」

「……いつもあんな劇をやるの？」

「そういうことでもないようだ。でも、毎回テーマは『性の解放』らしいんだ。あるときなんか。先頭部分がくびれて膨れる風船を飛ばしたとか……。客席にたくさんそうした風船が飛んできた。その風船が何のシンボルかわかるだろう」

「ぺ……、ね」

「そのとおり」

「欲しがっているのかしら？」

「そうとも言えるし、言えないかもしれない」

「難しい、わね」

吐息が混じっている。

「そうだね。制作者側の思い込みもあるかもしれないから。こう理解せよ、とかね」

「解釈は自由だわ」

「うん。ぼくの把握も見当違いかも。でも、何かを訴えようとしているのだけは感じたでしょ」

「ええ。たくさん」

「それでいいんだと思うよ。ただ、劇団員たちは前衛気取りだけどね。こんどは、もっとわかりやすいものにしよう」

「…………」

二人はバス停までたどり着いた。

悟が時刻表と腕時計をみくらべていると、彩夏が背後から、

「助川君、燃え上がらないでね」

「えっ？」

振り返った。

真意をつかみ切れない自分がいる。ああ、大丈夫だよ、と応えたが、不本意な返答なのは否めない。

バスのなかでも無言のままだ。悟は先刻の彩夏の文言をあれやこれやと思いめぐらしている。彩夏はまっすぐまえを向き、口を真一文字に結んで、もう誰とも喋りたくないようだ。

同じバス停で降りた。

「送っていくよ。もう暗いから」

「えっ、いいわ。慣れた道だもの、ひとりで大丈夫よ」

「……でも、万が一ということもあるから」

食い下がった。

「いいの。助川君の下宿とは方向が逆でしょ。無理しなくてもいいわよ」

住所録で悟の下宿先を知っているのだ。

彩夏が今日はありがとうと言って去って行った。悟はその後ろ姿を呆然とみつめながら立ち尽くした。これは押してみてもよいかもしれない。次は映画に誘ってみよう。

悟は弾む心のまま家路を急いだ

翌日、悟は昨夜の一件を卓司に物語った。

卓司は羨望の眼差しだ。もちろん、卓司がタイプではないとよもやもらすつもりはない。

「どうやって誘った?」

卓司は真剣だ。

「べつにどうということはない。ただ、演劇をみにいかないかい? とだよ」

「オレのときは、忙しいから、フランス語の復習をしたいから、親が出てきているから、と御託を並べた。いちいちもっともなので、そう、またね、と返して諦めるしかなかった」

「オレのときにはきっとたまたま用事がなかったんだよ。ついていたわけさ」

「そうだろうか」

卓司の表情がにわかに曇りゆがみ始めた。何かを察知したのかもしれない。もうこの話題はやめようと話柄の鉾先を変えた。

「彼女はこんなことも言っていたよ」

「何だ？」

「米を食べていないので要らないかって」

「米？　あのひと、どこが田舎？」

「新潟、と言っていた」

「オレは東北の裕福な、おそらく、農家のお嬢さんだと踏んでいた」

「うむ。娘さんという気はしないものな」

卓司の意見は妥当だろう。お嬢さんと娘さんとはかすかに異なる。醸し出される気韻でおよそのところみわけられる。それもじつに微妙な線引きでだ。

「米どころなんだよ。助川、向田さんの厚意に甘えればいいさ」

ぞんざいな言い方だ。


ある日、悟は米をもらいに行こうと思って、正門横のイチョウの木の陰に隠れて、彩夏の受講している講義が終了するのを待った。たしか憲法Bの授業のはずだ。一般教養としての憲法は受講生が多いため、A、Bの二クラスに分かれている。悟はAを受けていて、曜日が違っていた。

チャイムが鳴ると一斉に学生が出てきた。憲法Bの受講者に相違あるまい。案の状、彩夏が足取りも軽く歩を進めてきて、イチョウの木の横を通り過ぎて正門を出、右折した。悟は学生たちに混じってあとをつけた。胸が高鳴った。最初の交差点で学生の群れが二方向になった。彩夏は信号をわたって路地に入った。こんなところに路地があるとは！　径《みち》を抜けたら商店街に出た。ここも知らなかった。彩夏はつけられているとは勘づいていない。家路をひたすら急いでいる。芝居をみにいったときの歩度をはるかに上まわっている。悟の額には汗がわいてきている。

やがて一軒の家のまえに立ち止まると玄関を開けてなかにはいった。悟は歩みを止めた。すると、玄関のすぐ左手の窓に明かりが点った。そこか！　明かりがついたということで、もう空が暮れなずんでいることに気づいた。住所は調べてあったが、ここら辺の土地勘はない。いったいどこにいるのか？　しばし途方に暮れたあと、我に返った。

悟は意を固めて玄関を開け、靴を脱いであがると、左側の部屋の扉をノックした。

「はーい」

床のきしむ音が聞こえてきて、

「どなたですか？」

「ぼくだ、助川だよ。お米もらいに……」

引き戸が開いた。

「……よくここがわかったわね」

「うん、まあね。住所録をみて」

「そう」

「お米、あるんでしょ」

「えっ、あるわ」

彩夏は入り口の正面の、流しの下に押し込めてある厚紙の袋を引っ張り出した。

「……ひと袋全部?」

「このまえ言ったように、わたし、いつも外で夕食すますから。これまだ開封してないの」

「いいんだね?」

「構わない」

紙袋を受け取るとずしんと重さを感ずる。いいものをもらった。これで当分米を買う必要がなくなった。でも、悟も外食派だから、この袋をいつ開封するかわからない。

室内に視線を走らせると、斜め先に学習机が置かれているほか、家具といったものはみあたらない。なかにはいるのはなんとなくためらわれた。彩夏もどうぞとは言わない。

「じゃ、これで帰る。明日、また大学で」

「ありがとう、わざわざきてもらって」

「気にしないで」

悟は踵を返して外に出た。案外質素な暮らしをしているというのが印象だ。そうだ、本棚がなかった！　読書にたいして積極的ではないのか？　ふと卓司が、女の子たちは、教授が指定した教科書や参考文献以外は進んで買わないようだ、とこぼしていたことを思い出した。まれに読書好きの女子に会うけど。ほんとにたまにだ、と付言もした。もっぱら図書館を利用しているみたいだ。金銭の使い道の主流が衣服で書籍ではないんだよ。悟はそのとき、じゃ、古本屋ものぞいたりしないんだ。卓司がじつにそのとおりだと応えた。悟は、女子全員がそうだとは言えないけれども、たいてい彼女らは与えられた書物にしか関心がいかないのだろうと自分なりに結論づけた。彩夏もそうした女子のうちのひとりかもしれない。

次の日、大学で彩夏とすれ違った。

「昨日はありがとう」

にこにこ顔だ。

「いや、いいってことさ。また、何かあれば、誘う……」

言葉が終わらないうちに彩夏は通り過ぎてしまった。出鼻を挫かれた感じだ。

その日以後、悟は彩夏を映画や美術展に誘った。学期末にはノートをみせてもらった。この分で行けばなんとかものに出来るかもしれない。

次年度、英語教育法を申し合わせたように二人で取った。席も隣あわせだ。六月には札幌の母に頼んで、スズランを百貨店から送ってもらい、手紙を添えて彩夏の下宿の扉のまえに置いてきた。

彩夏は今日帰宅して、悟からの手紙を読むことになる。

明日は英語教育法の授業がある。二人はいつも並んで着席している。

次の日どことなくそわそわして先に席についていた悟は、セメントで固めたような表情の彩夏を迎えた。よそよそしく坐ると、鞄のなかから封筒を出して悟のまえにゆっくりと差し向けた。

「助川君、きれいなお花ありがとう。香りも素敵ね。でも、これ、わたし、困る」

「……気に障った？」

「いいえ、うれしかった。でもね」

「でもって？」

「このお手紙のおかげで、わたし、自分のほんとうに好きなひとが誰か気づいたの。助川君の気持ちはとってもありがたいし。このお手紙を返すつもりはない。けれど、きちんと考えるきっかけを作ってくれてしまったの」

「ほかに好きな男《ひと》が、いるんだ。ぼくの手紙が契機となって、ところてん式で……」

「そう、まさにそうなの。ごめんね」

「そっか、なんて言ったらいいやら。手紙なんか書かなければよかった」

「バス停で話したわ、『燃え上がらないでね』って」

記憶にしっかり残っている文言だ。あの言葉の行きつく先がこうなるとは。もっと彩夏の心根を押さえて置くべきだった。なんと飛び上がりな男なことか。

「そのひとは誰？　よかったら教えてくれる？」

「まだ、向こうの気持ちは確かめられていないから、片思いかも。でも打ち明けるわ、助川君には。バスケット部の柴田先輩」

「柴田さん？」

「そう、四回生の……」

「ぼくの知らないひとだ」

「……この授業にも出ているの。いつも後ろの席に、ね」

彩夏は振り向く素振りをみせた。悟もならった。そのときチャイムが鳴って教授がやってきた。彩夏は手紙を引き寄せ鞄にしまった。悟は思わず嘆息した。これで並んで坐れなくなるのだろうか。ヘマをやってしまった。はなはだしい思い込みだった。

授業終了後、たいてい肩を並べて次の授業に向かうのに、彩夏が速足でまえを行く。おそらく柴田という先輩に近づいてゆくに違いない。悟も歩度を速めた。それを感得したのか、彩夏が振り向きざまに、ダメと手を振った。

腰が抜けた。来週の授業で体裁を繕って励ましの言葉でも伝えようか。でも、悟の隣に腰かける保証はないのだ。柴田さんと言ってくれただけでも御の字かもしれない。ひょっとして悟は二番手とも思えるからだ。柴田が彩夏を受け容れなかったら、それまでだからだ。そのとき、彼女はもどってくるだろうか。

一か月後、彩夏と柴田とが肩が擦れ合うようにして下校する姿をみた。

そして一連の出来事を、夏休みまえに、悟の下宿に立ち寄った卓司に打ち明けた。喋ると肩から力みが消えた。

「そうか。芝居見物から、話が途切れてしまって、どうなったか、気になっていたんだ。花までプレゼントしたのに」

「焦りすぎだ。いや、勇み足かな」

「手紙がまずかったんじゃないか？　告白調だったんだろう」

「……それもあるだろうな。いちばんの原因かもしれない」

卓司から視線をずらして目を伏せた。

「オレもこと女の子には不器用なタチだから偉いことは言えないんだけど、押すばかりではなく、待つことも大切だと思う」

「ところで、一年ほどまえ、彼女から、米をもらっていて、まだ封を切っていないんだ。今夜、食べていかないか。新潟県産のものらしい。たくさんくれたんだ。オレは基本、外食だから、自炊はめったにしない。電気釜はあるんだが」

「乗った。きっとコシヒカリだよ。でもさっきの話からすると、もう一年が経っているよな」

「ああ。それがどうかしたか」

「いや……ちょっと気になって」

悟は押入れの下に押し込んである厚紙の袋を引き出した。彩夏からもらったまま、そこに仕舞っておいたのだ。

「これだよ」

卓司のまえに置いた。重量感がある。

「重たそうだな」

「袋ごと全部くれた」

そう言うと悟は袋の口を結んである紐を解き、手を突っ込んではじめて米を握り、卓司にみせた。

「……助川、これはコシヒカリではない。みろ、白く輝いていない。くすんだ灰色だ。……古米じゃないのか？」

「古米？　まさか。彩夏の実家は……農家だと……なぜだ？」

「助川、新米は一年くらいで古米になってしまうんだ……。ずいぶんまえに送られてきて食べずに残ってしまっておいた米を棄てられずに助川へ、という寸法だ。オマエが自分に好感を抱いていると知っての押しつけだぞ、これは」

悟は光沢のない米粒を掌に散らばせて唇を噛んだ。

「いったいどういうつもりなんだ」

「向田さんは放っとけば古米になるのを知っていてくれたんだよ。自炊もしないいんだろう。そういう女は棄て置けだ。いけすかないな」

「ああ。でも、早晩古米になる米をくれたとは……。ほんとうに農家の出なのだろうか」

肩を落とした。彩夏の顔が脳裡に浮かぶ。愛くるしい表情の裏にいったいなにが。

「宮本、花は花でも、スズランだよ、彩夏は」

「スズラン？　みたことはないが」

「北海道で六月頃に群生する白くて可憐な花だ。いい香りがする。愛媛生まれの宮本は知らなくてとうぜんさ」

「そのスズランと向田さんとどんな関係があるって言うんだ？」

「花はみかけはいいが、その花と根っこは毒性なんだ。折をみて図鑑で調べてみろよ。道産子ならみんな知っている」

「……なんか謎めいているな」

「そう、彩夏と同じかも。まあ、これでよかったんだけど。この米は思い切って棄てるよ」

「それがいい」


そこまで思い出して悟は宙を仰いだ。卓司の助言のほうに理がある。

でも、と悟は思い直した。あのようなことがあっても、彩夏は自分のことを「友人」とみなし、招待状をよこしてスピーチまで頼んできたのだ。そう言えば、あの手紙を突き返さずに、鞄にしまったとき、何かほんのりした雰囲気を感じたものだ。

ならば器の広さを示して宴会の席に堂々と胸を張って就いてもおかしくはない。そしてスピーチで、彩夏とはフランス語や英語教育法の授業を一緒に受けた仲で、フランス語のクラスでは「花」のような存在で人気者だったこと。そして演劇や映画をともにみたこと。悟の故郷で咲くスズランをプレゼントしたことをゆっくりした口調で話す。

締めくくりとして、彩夏があたかもスズランの花のようなひとだったと述べて、結びにしようと心に刻んだ。

4

炎

大阪

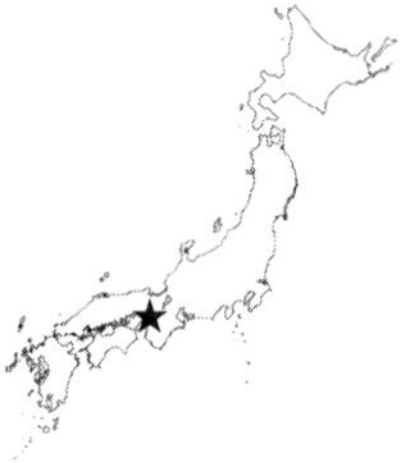

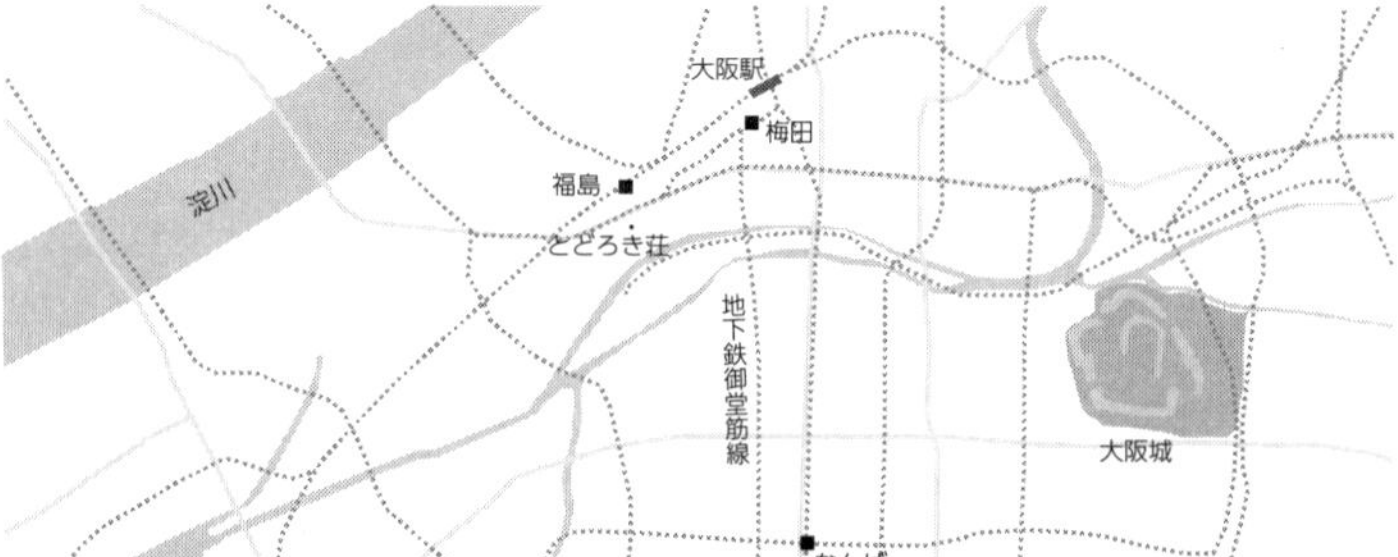

大阪市中心部

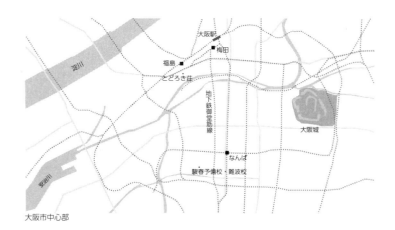

卒業時期を一年後に控えていた悟は、大学院に進学するか就職するか、迷っていた。両親は、「就くもよし進むもよし」との手紙をくれた。悟の選択に任せるというのだろう。悟の気持ちは進学のほうに傾いていた。

時子は近畿圏のいずれかの高校教諭採用試験を受けてみるらしい。可能ならば京都府か市、大阪府か市のいずれかに合格したいようだ。むろん、悟と一緒に暮らしやすい場所が理想に違いない。時子のそうした懐《おも》いを悟は理解しているつもりだ。ということは時子の就職先が決まった府や市にある大学院に進学すればよいことになる。

しかし悟には同棲にいまだ迷いがあった。医者は接触感染などないと明言してくれたが、素直に受け容れがたい。時子がはじめての相手となるのが悟にとっても彼女にとってもよいことなどかどうか見通しも立たないのだ。避妊具云々の話いぜんの問題だ。割り切れない自分がもどかしい。時子は医師の言葉を信じて悟のもとに飛び込んでくるようだ。うれしいことだが……どうしたものだろう。時子をおもんばかる心根を交わりに置き換えればよいのだろうか。

それでも腹のなかで悟は算段していた。時子が京都でなく大阪府か市の教員となってくれることを。そして自分は大阪にある大学院に進みたいと。アメリカ文学専攻だから、どの大学にも講座が設置されているので、悟の実力しだいでどこの院でもよかった。平安大学の院には行きたくなかった。学部生活を送るうちに、一部の教授や友人たちに違和感を覚えたからだ。

理由はこうだ。

東京の先生が翻訳したアメリカ文学作品のなかに「誤訳」をみつけてきては、それを授業中に、さもありなんと言った口調で論難するのだ。指摘と指弾が毎回におよぶいたっては嫌気がさしてきた。批判する側にはその作家の翻訳書は一冊もない。これはおかしい。

そして考え拉《ひし》いだのち、こういう結論が出た。「翻訳の批判は、難詰者自身が新訳を世に問うことに限る」と。「翻訳の批難は新訳だ」という意味だ。これが京都では通じないのだ。

時子が京都でなく大阪の採用試験に合格してくれれば、と思った。その願いが通じたのか、大阪市の教育委員会から採用通知がきた。悟は大阪にある大学院に進むことにした。私学は経済的に無理なので、向坂《さきさか》大学大学院を受験し合格した。そして、駿春予備校の試験を受けて英語科の非常勤講師のクチをみつけた。

北摂に中古のマンションを借りて、時子と一緒にすむことにした。予備校講師を週三日勤め、残りを研究日とした。

はじめての夜、時子がまったく気にしていないからそのままで、と悟をいざなった。悟はいまだ逡巡をおぼえながらも、それならば、と時子に触れた。これで悟なりに一線を越えた。改めて時子の勇気に感謝の念がわいてくる。そしていったい自分のどこが気に入って、関西までやってきてくれたのか、という根っこの問いかけが頭をもたげてくる。悟の応えは簡単だ。時子といると心がなごむからだ。時子もおなじような内容をべつの文言で語った。そうしたものなのか、と悟は感じ入ったしだいだ。

向坂大学には、商人の街、大阪の息遣いがみなぎっており、平安大学で感じ取った湿った逼塞感はなかった。要するに、さばさばしていて風とおしがよいのだ。

ある初夏の日の、予備校での休憩時間、芳川という英語の講師が悟に、

「助川先生、じつは助けてもらいたいことがあって。話、聞いていただけますか?」

年配の芳川からの頼みをべつに断る理由もないので、はい、と返事をした。芳川は声を潜

めて、

「わたしの本名は野口といって、芳川は家内の旧姓なんです」

悟は芳川を思わず見返した。本業が大学教員でありながら、予備校では別名で講師をしている人物が何人かいるとは耳にしていた。芳川がそうだったとは。

「はい。それで？」

耳を傾けた。英語が専門でかつ野口という姓に聞き覚えがあった。著名なアメリカ文学者に、野口勝というひとがいて、現代アメリカ文学の翻訳書を数多く出版している。

「……先生、もしかしたら、あの『ライ麦畑でつかまって』をお訳しになった、あの野口勝先生ですか？」

「まあ、そうです」

「さっぱり気づきませんでした。失礼しました」

悟は頭を下げた。

「いや、わたしのほうこそ名を変えてのことだから、気になさらなくていいのです」

野口のほうがバツの悪そうな顔をした。

「先生はてっきり東京の方だと思っていました」

「いえ、わたしは、高校まで東京でしたが、向坂大学出身なのです」

「そうでしたか」

「いまはもう退官して、駿春で、週二日、英語を教えています。自宅で翻訳に明け暮れているのも仕事のうちですが、外に出て、声を張り上げることも、健康のためですから」

「そうかもしれませんね。それで、ぼくに何か？」

「先生には失礼かもしれないですが、同じアメリカ文学専攻ですから、ちょっとお手伝いをお願いしたいのです」

悟は改めて、この名翻訳家の顔を仰いだ。困ったような眼差しだ。

「ぼくにお役に立てることがあったら、何なりと」

「それはありがたい。目下、修英社から、『現代世界文学全集』が刊行されています。ご存知ですか？」

「ええ。英米独露に偏らずに、伊西、それに南米のも」

「そうです。そのなかの一冊をわたしが担当しているのですが、なかなかはかどらないのです。それで担当編集者と話し合って、口述筆記で訳し上げることに決まったわけです」

話柄の内容がみえてくる。

「わたしが原文をみながら訳を言いますから、それを筆記していただきたいのです。編集部の厚意で、さる旅館の一室を予約してくれましたので、そこでやります」

もうちゃんとお膳立てがなされているのだ。

「それで、なんという作品ですか?」

「ご存知だとおもいますが、ジョン・ヒースの『酔いどれ草の雇い人』です」

「あの、『家路の果て』のヒースですね」

「そうです。『酔いどれ』は難解な作品でしてね。こんなこと、はじめての経験なのですが、訳が出来たはずなのに、いざ、原稿用紙に書く段になると忘れてしまっているんです。歳のせいか、とも思っています。ですから、訳がまとまったらすぐに口に出す。それを先生に筆記していただきたいわけです」

これは勉強になる。野口訳と言えば定評があって、同じ米文学の作品でも、野口訳があれば、迷うことなくそちらを購入するひとが多いと聞いたことがある。悟もそのうちのひとりだ。

「ぼくがその任に値するかどうかわかりませんが、よろこんで引き受けさせていただきます」

すると野口は額に皺を寄せて頷いた。悟にはその表情がうれしいと思っているのか、うまくいったと表現しているのか判断しかねた。

「それで、東京の担当編集者に知らせて、日給を相談してみます。なるべく高くしてもらうつもりです」

「お願いがあります。ぼくにもヒースの原本のコピーをいただいてよろしいですか？　翻訳というものを学びたいと願っていますので」

野口の口許がほころんだ。

「もちろんです。予備校での英文解釈とはだいぶ違いますよ」

「はい。是非、お手伝いしたいです」

その次の日、修英社の国岡さんという編集者から悟の許に電話がかかってきた。いまは多忙の身だが、そのうち来阪してお目にかかりたいという。悟は、編集者という種類の人物にこれまで出会ったことがないので、なんとなくわくわくしたが、ひとつだけ知っていた――著者や訳者の原稿をいちばん最初に読むひとである、ということを。だが今回は口述筆記者としての悟が第一番に目を通すことになる。何だか、誇らしい。それも、野口先生の訳出の現場で。

国岡さんによると、野口先生という方はみた目とは違ってたいへん気難しいひとらしい。その方に選ばれたのだから、助川さんはとても気にいられたと確信が持てる、充分に励んでほしい、と。受話器を握りながら、はい、はいと頷いている悟がいた。全国区の仕事なのだ。

精励しなくてはなるまい。

指定された旅館は福島区の「とどろき荘」だ。駅から徒歩十分。ここらあたりでいったいどのような種類のひとが宿泊するのかわからなかった。数寄屋造りで、門があり、その奥に玄関がある。由緒正しき旅館に思える。

案内を乞うと仲居さんが、杉の間へと案内してくれた。

野口は昨日から泊まっているらしく、ふすまを開けたとき、そのような気配を感じた。

「先生、助川さんがお越しです」

親し気な口調だ。翻訳の締め切りが近づくたびに、閉じ込められる定宿かもしれない。

悟は朝の挨拶をして、八畳間の部屋にはいって、野口のまえで正座した。もどろうとする仲居の背に野口は声をかけた。

「お茶を持ってきてほしい」

振りかえった、年の頃、五十代にみえる仲居は、悟を、そして野口をみやった。

「助川さん、紅茶かコーヒーのどっちがいいです?」

悟はとっさに紅茶と応えた。

「じゃ、わたしも紅茶で」

「先生、ミルク、お砂糖は?」

仲居の問いかけに、また、助川さんは？　と。

「では、両方とも」

「それで頼む」

野口がつぶやいた。


野口は緑色のポロシャツにグレイのカーディガンを羽織って、床の間を背にして和机に原書を広げて、いかにもこれから翻訳を始めるぞ、といった構えを全身にみなぎらせている。脇息は和室の隅にかた寄せられている。悟のまえには束ねられた原稿用紙があって、いちばん上の用紙には、２３５という数字が打たれている。すでに野口ひとりでそこまで訳し終えているのだ。


一枚、めくってみる。マス目におさまり切れない縦長の字が、それも青色のボールペンで記されている。二本の線で思い切り消している箇所もある。棒線が原稿用紙に食い込んでいるほどの筆圧だ。

「先生、コピーは？」

頁をもどして悟が訊いた。

「そうだった。これから以降の分をコピーしてきた。Ｂ４に拡大していますから」

野口は横の鞄のなかから、Ｂ４の束を、さも、億劫そうに引っ張り出した。悟は卒業証書を受け取るように頭を下げ、腕をまえにのばして受け取った。

「うやうやしいな」

野口が笑みを浮かべた。

実際、悟はそのような気持ちでいる。自分も専攻しているアメリカ文学の、それも名翻訳家として名が聞こえている泰斗のまえだ。「翻訳」というものの奥義を是非知り、身につけたい。

著名なアメリカの作家の研究者なら、おそらくたくさんいるに違いない。だが、翻訳者となると限られてくる。悟は、目で読んでも、それは詳細な理解にはいたっていないと考えている。日本語に移し変えてはじめて意味を把握しうる。例えば、とても簡単な単語の組み合わせである——He is something of a poet.　この短文を誰にでもわかる日本語に出来るか？「かれは、なにかしら詩人だ」。これは直訳だ。目で流し読みしてわかったつもりでいても、いざわかる日本語に、となると一筋縄ではいかない。「なにかしら」がネックだ。頭のなかで咀嚼して、「かれは、詩人肌だ」というのはどうであろう？　これならすとんと胸に落ちる。

悟の求めているのはこのような技量を、野口の訳のなかに見出すことだ。

「準備はいいですか？　脚、崩して。あまり緊張しないで。訳は書き取れる速さで言いますから、安心してください」

「はい。先生、きょうはどの行からですか？」

「そう。右側の頁の二番目の段落の始まりからです」

悟は坐り直すと鉛筆を握り、第二段落をみた。文頭は、Iだ。ワン・センテンスをさらっと読み流す。知らない単語もある。もういちど、今度は、精読する。わかった気になる。頭のなかで自分なりの訳が出来上がる。野口はどう訳すか？　neutralという単語をどう扱うか。それを知りたい。「中性の」が原義だ。

野口は白髪をかきむしっている。英文から、わかる日本語を必死に組み立てていると思える。

「いいですか」

「どうぞ」

「『無心なぼくはその場で何も出来ずにたたずんでしまっていた』」

無心？　あっ、これがneutralの訳語か！　ここまで砕いて訳をしなくてはどうやらダメなようだ。neutralを辞書で引いても、「無心な」は記載されていない。しかし、ここで「中性の」と訳しても何ら意味は通じない。「中性の」の語感から野口は適切な日本語を引っ張り出しているのだ。

もう一点、本文は、I am neutral……とあって、「僕は中性（無心）で……」とある。「中性の」を「無心な」と訳出したのにも舌を巻いたが、Iの補語である、neutralを、Iにかけての翻訳にも驚いた。でも、文意は明白になっている。これなら、日本語の文章として読める。くらくらする。

英文解釈を超えている。翻訳の主眼は、意味の通じる日本語まで原文の示す内実を掘り下げていく行為なのだろう。悟は、きちんと訳文をマス目に埋めた。

野口は次の文章に目をやって考え込んでいる。悟もみつめる。また短文だ。額に手をあてている野口の形相はまるで鬼面だ。ひとつひとつの単語は容易に把握できるが、それらが連なって構成された一文の意味となると、なんとなくイメージはわいてくるが、きっちりとあてはまる日本文が想い浮かばない。

そのとき、

「助川さん、さっきの訳だけどね、こう訂正してくれませんか」

「えっ？　はい」

悟は「無心な」で始まる文章を消しゴムで消した。それを野口が確認すると、

「『ぼくは、心に迷いなく、その場にたたずんでいた』」

と言った。「無心」が「心に迷いなく」と、より具体的になっているし、補語の位置づけにもどっている。書き写しながらこのほうが原文に近いと思った。

そして次の訳文を待った。修正があったということは、この次の訳になんらかの影響がおよぶからだろう。

「次、よろしいですか?」

「どうぞ」

「『そのときのぼくの心情といったら、乾いた雑巾《ぞうきん》を絞ったようで、これからは純粋な気持ちだけでは生きていけないと思い定めた……』。……助川さん、『思い定めた』と『思った』の、どちらがぴったりきますかね?」

「……ぼくとしましては、『思った』のほうがよい、と」

とっさに応えた。根拠は「思った」に軽みが出るからだ。それにしても、「乾いた雑巾を絞った」が、どの単語を訳出したのか見当がつかない。いわゆる文意からか。

「そうか、貴君はそう思いますか」

野口は嘆息し、いや、「思い定めた」にしておきましょう、と結論した。

もうじき十枚に届きそうな頃、野口は電話で帳場を呼び出し、先刻頼んだ紅茶を頼みます、と告げた。

「少し、休憩です。どうです、このアルバイトは?」

「勉強になります。先生がどのように訳文をこしらえていくのかが、おおよそつかめました」

「ほう。聞かせてくれますか」

身を乗り出してくる。

「はい。さっきの訂正した『無心』の訳文を例に挙げますと、二度目の訳が原文に近づいている気がしましたし、実際そうでした」

「その通り。それでどう思いました?」

「その訳文ばかりでなく、それ以後の訳文もみな、たぶん、先生の頭のなかでは、文意が出来上がって、それを礎に、なるべく、原文に近づけて訳をする」

「なるほど。貴君も翻訳をやったことがあるのですか?」

「いいえ。ただ、予備校での英文解釈の授業で、印象に残っているのは、『グループ』という簡単な単語の訳出が出来ず、考えたあげく、「場(所)」としてみたら、日本語での文意がはっきりしたことがあります」

野口は目を細めて、

「それはよい経験をしましたね。『グループ』に『場(所)』の意味は辞書には出てくるはずはないが、おそらく助川さんの判断は間違っていないでしょう。どうやって、『場（所）』という日本語を持ち出してきたんです？」

「はい。『グループ』はひとの集まりを指しますから、集ってきたら一定の『場（所）』がおのずと出来るので、『場（所）』としました。それで先生の訳出方法ですが、意訳の意訳は直訳である、という図式が成立するのではないかと？」

「なるほど、実にそうです。意訳すればするほど、原文に回帰して『適訳』が生まれる」

「『適訳』ですか……」

つぶやくと野口が深く頷いた。

そこへ紅茶が運ばれてきた。濃厚な紅色の、熱い液体から、艶っぽい芳香がわきたって、鼻孔を刺激する。ふうふうして唇をカップにつけると、砂糖の甘味と紅茶の匂いが口のなかに染み入ってくる。

悟はよい機会だと思って、「誤訳批判」の一件を尋ねてみた。

君の意見は、と反対に問われたので、件《くだん》の回答をした。

「それで結構です。わたしの『ライ麦畑でつかまって』でも、タイトルを変えて、二、三、違う訳者が翻訳していますからね。いま進行中の翻訳は本邦初訳ですが、早晩、次の新訳が出ることでしょう」

悟は安堵した。間違ってはいなかったのだ。

こうして野口との仕事は続いた。東三国にある岩佐クリニックでのフェジンの注射はおのずと夕方になった。

悟は次回の部分を自分なりに訳出して持参し、横において野口の訳と比較したが、自分の訳との隔たりが大きすぎて、二の句が継げなかった。

担当編集者は、多忙を理由に結局来阪しなかったが、仕事中に電話がかかってくることが何度かあって、野口の受け応えで、翻訳の速度を上げてほしいという内容だとみてとれた。だが、午前中に出来上がる分量はだいたい、二十枚が限度だった。午後、野口はその訳稿に手を施して吟味する。いちどその推敲訳稿をみせてもらったが、悟の書いた文面が徹底的に修正されていて、ここまで手直しするか、と息を呑んだ。

季節は秋から冬へと移ろい、予備校生の顔つきにも真剣度が増してきている。悟も講義に熱が入る。予備校では悟と野口の出講日は同じだが、ふたりとも素知らぬ顔で通している。

大阪は京都ほどの冷え込みがないが、十一月の末を過ぎる頃には、炬燵を出さなければならない。足が冷たくなるとなにも出来ないからだ。旅館では、ガスストーブを用意してくれた。電気ストーブより暖かい。

翻訳は来年の二月までに仕上ればよいようになったらしく、野口の表情から焦燥感が消えた。そして、十二月の中旬に、悟はもうこなくてよい、残りはわずかだし、わたしひとりで片づける、と告げられた。そしてプレゼントしたいものがある、明日わたしします。それでこのアルバイトを終了としたい、とつけたした。

翌日も同じことが繰り返された。美味で香り豊かな紅茶も出された。そして、二十枚までいったところで、野口はいつものように顎を出した。

「さ、これまでです。よくついてきてくれました。お礼を申し上げます。いつぞや、どこかの大学の専任になられることを祈っていますよ。先生は翻訳家にもなれるでしょう」

野口の口許がほころびている。

「こちらこそ勉強になりました。得難い体験でした」

「うむ。そう言ってくれるとうれしい。さてプレゼントだが、昨日の午後、家人に持ってきてもらった。そら、うしろに置いてある、あれです」

振りかえった。

「……ブルーフレーム……」

「そうです。札幌出身の先生にはなじみ深いでしょう。家で使っていたもので、もういらなくなったので、恐縮だが、受け取っていただきたい」

「はい、もちろんです。馬小屋で使われていた、簡便で効率抜群の、対流型のストーブですね。小さい頃、友達の家に泊まりにいくと、子供部屋にこれが二台置いてありました。懐かしいです」

円筒型の下の一部が小窓になっていて、そこから燃え立つ青い炎がみえる仕組みだ。

「大阪の冬はそれほど冷え込まないけど、冬は冬だ。炬燵だけでは部屋全体が温もらない。背中が寒いから」

「はい。ありがとうございます」

ストーブに近づいて取っ手を持ち上げると、意外と軽い。灯油が入っていないのだ。これくらいの重さなら、北摂のマンションまで運べるだろう。悟はお辞儀をして部屋を出た。野口もついてきた。

靴をはくと、上り框で野口が、また予備校で、と言った。はい、と応えて、外に出た。右脇に、原書のコピーを挟み、同じ手にブルーフレームを下げて、ゆっくりと環状線の福島駅まで向かう。想いは少年の頃の友人宅での冬のとある日、子供部屋で小窓からみえる蒼い炎の勢いへと飛んでいる。からだだけではなく、心の奥底まで温めてくれた。

そのときふと、「乾いた雑巾を絞った」に相当する単語が、empty ではなかったか、と思い当たった。

5

食

大阪

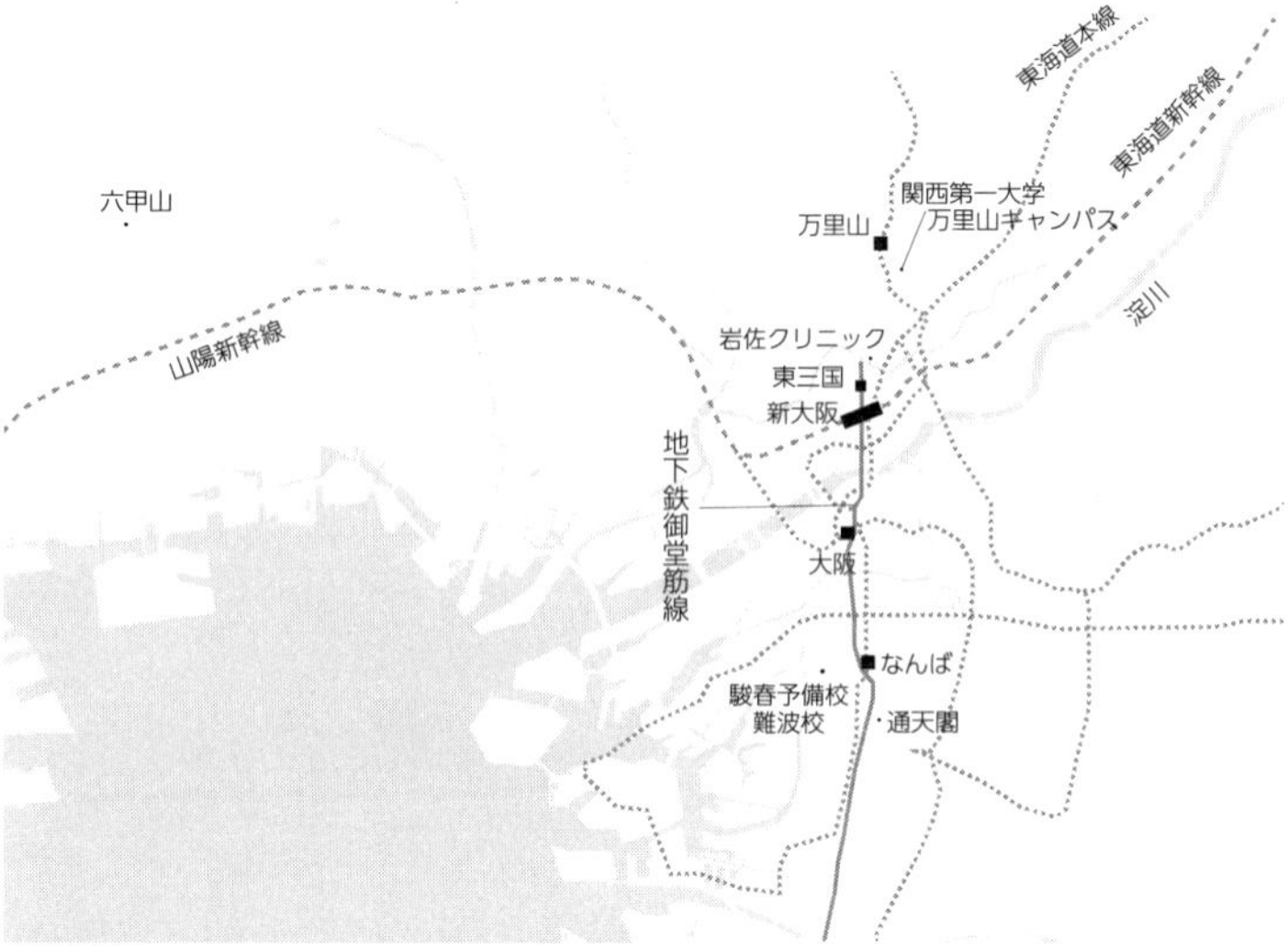
東海道本線
東海道新幹線
六甲山
関西第一大学
万里山キャンパス
万里山
淀川
山陽新幹線
岩佐クリニック
東三国
新大阪
地下鉄御堂筋線
大阪
なんば
駿春予備校
難波校
通天閣
大阪府全景

郵 便 は が き

料金受取人払郵便

神田局
承認

4803

差出有効期限
平成32年 6 月
7 日まで

101-8791

504

東京都千代田区
猿楽町2-5-9
青野ビル

㈱未知谷 行

ふりがな	年齢
ご芳名	
E-mail	男　女

ご住所 〒　　　Tel.　-　-

ご職業	ご購読新聞・雑誌

愛読者カード

ご購読ありがとうございます。誠にお手数とは存じますが、アンケートにご協力下さい。貴方様の貴重なご意見ご感想を賜わり、今後の出版活動の資料として活用させて頂きます。

●本書の書名

●お買い上げ書店名

●本書の刊行をどのようにしてお知りになりましたか？

書店で見て　広告を見て　書評を見て　知人の紹介　その他

●本書についてのご感想をお聞かせ下さい。

●ご希望の方には新刊書のご案内をさせて頂きます。　要　不要

通信欄（ご注文も承ります）

三時間目の授業が終わり階段に足をかけたとき、秋庭信一《あきばしんいち》から呼び止められた。信一の声は一種のダミ声で、講師仲間のなかでもすぐに判別できた。この声は高校時代から変わっていない。悟はすぐ振り返った。信一も階段に足をのせたところだ。

「先生、お昼は何にしますか」

「昼なら、ここの食堂のお弁当を注文するつもりだけど」

信一はその応えににんまりし、

「外に出ませんか。お弁当、冷めきっているでしょう。外食であたたかいものいただきましょうよ」

そういえば、冷や飯だ……。でも外へ出てもどってくるまでの時間があるかどうか。昼休憩は四十五分しかない。

「時間、大丈夫かな?」

「たぶん、うまく行きますよ。四時間目が終わったら、さっそく出ましょう」

「……。わかった。少し早めに終わるとするよ」

悟はなんとなく腕時計をみながら、事務職員にお弁当を断った。

二人が勤めているのは、東京はお茶の水に本校がある駿春予備校だ。ここは関西校。いくつかあるうちの大阪難波校だ。いわゆる「ミナミ」といわれている歓楽地域で、難波校はその界隈からかなり離れたところに建っている。交通の便がいささか悪いが、環境に恵まれていた。オフィス街に囲まれている。そこに食堂の類があるとは、信一に誘われるまで悟は気がつきもしなかった。鉄筋コンクリートの街並のどこに食堂があるというのか。

けれども予備校の講師控え室で食べるのも味気ないのは確かだ。食べ終わる頃になると、生徒が質問にやってくる。ゆっくり味わう暇もない。同僚のなかには、予備校の食堂が作るお弁当をまずいとこぼす講師もいたが、悟は午前中一コマ五十分の授業を四回連続こなしたあとでの食事は、芯から美味しく思えた。

予備校生を当て込んだ弁当だからご飯の量は多かったが、魚、肉、野菜、煮物、揚げ物が具合よく調合されていた。盛りつけもきれいで食欲をそそった。

信一はお弁当に物足りなさを感じているのだろうか。

「助川先生、行きましょう」

四時間目終了後、一階の階段の下で信一が待っていた。本気なんだ、と悟は覚悟を決め、テキストを小脇に抱えて信一と並んで外に出た。

「秋庭先生、どこに行きます?」

不安を隠さずに問うた。

「旭屋で、オムライスは、どうです」

「旭屋はすこし遠いのでは?」

「いや、あの店は流行っていて回転がはやいから大丈夫でしょう」

信一の言葉には確信がこもっていた。ミナミ界隈で旭屋と言えばオムライスが名物で、味のほうも薄口のケチャップを用いており、食後水をたくさん飲まなくてもよかった。水分を余計に摂ってしまうと、五時間目の授業中に尿意が起こり、生徒諸君にちょっと待って、と言い置いてトイレに走ることがままあった。水分が足りないと声がくぐもるのだが、授業にはマイクを使うので安心できた。

「それじゃ、行ってみましょう」

二人は多少とも歩度を速めて旭屋に向かった。

玄関は靴の山だ。だから、言ったことじゃない。悟は信一をねめつけた。信一はそれに一顧だにせず、上がり框にもう立って、悟を急き立てた。

「先生、大丈夫ですか？　ほかの店に行かなくていいですか」

助川も秋庭も年齢差があっても、互いに「先生」をつけて呼びあった。他の講師の場合も同じだ。君とかさんとかは双方が遠慮した。いつの間にか設けられた不文律なのだ。悟のほうが信一より一歳年上で、出身高校の先輩・後輩に当たるのだが、そうしたときにもやはり「先生」という敬称をつけた。

「ま、座敷のほうが空いているようですから、坐ってゆっくりいただきましょう」

「……そうですか。わかりました。先生の読みを信じましょう」

そう言って二人は座敷に上がって腰を下ろした。

旭屋での注文はオムライスに決まっていた。名の知れわたった老舗ゆえ、店員の動線に無駄がなく、次つぎとオムライスを運んでくる。厨房もフル回転なのだろう。十五分で悟と信一はありつけた。案の定、薄目のケチャップが卵焼きにかかっている。皿に垂れないように巧みに量を調節している。これは一種の職人芸なのだろう。以前、さる牛肉店で、ご飯に牛肉を盛りつけた丼を一品ずつ計ったら、みな同じ値だったことを、奇跡とまでは行かないが、バラエティー番組で紹介していた。ご飯の分量も一定していることを示唆している。

あっぱれの一言だ。これぞ「職人」であるゆえんだろう。

信一の食べる速度は驚くほど速い。スプーンにてんこ盛りにして一口だ。皿とスプーンがまるでスタッカートのような小気味よい響きを立ててご飯と卵を切り取って行く。

悟はしばし口をあけたままその秘術を眺め入った。

外での食事を勧めてきたわけがわかるというものだ。このスピードならどの店に入っても、午後からの授業に間に合うだろうから。悟のほうはそうはいかない。親から口やかましく意見されてきた、「ゆっくり噛んでから飲み込みなさい」にいまでも忠実にしたがっている。講師控室でもいつもいちばん最後に箸を置いていた。信一の誘い、いや、罠にはまったようだ。

悟は高校時代のことを、スプーンを運びながら思い出していた。クラブ専用の教室でふたりは隣同士だった。たったベニア板一枚で仕切られた部屋が左右に各七部屋並んでいた。悟はフォークソング・クラブ、信一は軽音楽部に属していた。ともに音楽が共通要素としてあるので、互いのクラブの往き来は頻繁だった。

信一は悟のことを「助《スケ》さん」と呼んだ。「さん」は一年先輩だからだろう。悟は声をかけるときは「秋庭君」と言って、ときには信一の部室で他の部員ともども話し込むことも多かった。悟は谷繁悠子《たにしげゆうこ》を何とかして、フォークソング部へと転部させたかった。誰もが彼女がクリスタルヴォイスの持ち主だとわかっていたからだ。なのに軽音楽部にいることが不思議で仕方なかった。才色兼備とは言えないが、その声に助けられてか、誰にでもきれいな容貌を印象づけた。悟は少なからぬ憧れを悠子に抱いていた。フォークソング部内でクリスタルヴォイスの部員がいないからでもある。

プロの歌い手にはその種の女性はいた。悠子と同様に決して美形ではなかったが、テレビ番組の華として活躍していた。その歌詞について、あるとき信一と悠子が口をそろえて悟に意見した――フォークソングはメロディーこそ演歌と違うが、その実、歌詞をじっくり読んでみると、演歌の詞と同等な内容だ、と。

「それは、吉岡辰郎《よしおかたつろう》が出てきたあとのフォーク界の流れで、そのまえはみな『反戦』を歌詞に織り込んだものだよ」

悟はやんわりかわした。

「反戦」という言葉は理想主義に燃えていた年代の者たちの心をとりこにした。これを聞くと、信一と悠子はいつも口をつぐんでしまう。こうして相手を追い詰めてしまうタイプの人間のいるクラブに悠子が転部するわけがないだろう。

信一はとうに食べ終わってお冷《ひや》を飲んでいる。悟はもうすこしだ。

「先生、ゆっくりでいいんですよ。まだ五時間目の始まりには二十分ありますから」

そう言う信一の勝ち誇ったような表情を見上げながら、悟は懸命にスプーンを口に運び咀嚼に余念がない。こういう昼休みが来週から始まるのかと想うと気が滅入った。煙草の煙の充満している講師控え室でのほうがなんぼ楽なことか。

帰路、信一が、どうです、外のほうが温かいモノが食べられる、また気分転換にもなるでしょう、と自慢気だ。悟は答えずに小走りで予備校を目指した。始業五分まえに無事到着できた。抱えていたテキストを机の上に置いて、次の時間のテキストの予定箇所を開いて、ざっと目を通した。授業開始まえのこの五分間は貴重だ。駿春予備校では、最上級から基礎のクラス全部をひとりの講師が万遍なく担当した。六時間あるうち、繰り返しのテキストなど一冊もない。だから、昼食時に外で食事をすることじたい予習に当てる時間がなくなるから無茶なのだ。

信一といえば、ロッカーからあらかじめ置きっぱなしにしている、五時間目用のテキストを引っ張り出してきて、パラパラとめくるだけだ。テキストを自宅に持って帰らず、予備校の担当時間まえに一瞥するのみだ。五時間目もその他の授業でもそうだ。信一はよく弁解した――今日は三行しか進まなかった、on の説明に時間がかかって、と。悟にはこれが弁明でなく自慢だとピンときた。あるいは、予習をしていないから、三行目以降には進められず、たまたま出てきた前置詞の説明を詳しく行なったか、だ。みなこうした信一の教授姿勢を知ってはいたが、誰も文句は言わなかった。信一が東都大学出身だからだ。駿春予備校の関西各学舎に、東都大学出身の講師は信一ひとりで、他は国立だと平安大学卒だ。そのためかもしれないが、平安大学用の模擬試験の問題出題者のひとりとして信一は大切な存在だ。

模擬試験くらいどの講師でも作成できるかと思っていたら大間違いだ。授業はこなせるが、試験問題をつくれない講師のなんと多いことか。授業とはべつの才幹が要る分野だ。悟もさる大学の出題担当だが、他の出題者の出題傾向に鑑みるに、みな「自己」を強く主張してくる。予備校での講師評価は教え方の上手さも重要だが、模擬試験の際、いかに難度の高い英文を提示できるかどうかが、自分の学力をみせ得るチャンスなのだ。難易度を大学のそれに合わせなくてはいけないのに、ずいぶんと格差のある模擬試験が出来上がる。だから三大予備校と世間で称される模擬試験の受験率は駿春予備校が最も低い。高校三年生も、高校教諭も、多浪生にも自明だ。英語のみならず数学の模擬試験も同様らしい。解答がいくつかあるとき、難解な、プロにしか発想が無理な解答例がトップに置かれ、いちばん最後が予備校生にふさわしい解答方式だという。

こうした衒学的姿勢が駿春予備校には蔓延している。自分の知識の豊かさを全国模試の問題内容に顕示したいのだ。そこにみずからの存在価値を認めてもらいたいと陰に陽に期待しているに違いない。講師それぞれによって予備校講師たる自分の立ち位置はさまざまであろうが、みなに共通していると想えるのは、ある種の後ろめたさであろう。正規の仕事とはみなしていないのだ。高校と大学の橋渡しをする稼業で、それなりに給与は高額だが、それだけでは自尊心が充たされない。べつの何かを大多数の講師が求めている。それは大学の教員に採用されることとか、予備校の専任になることとかだ。

悟も信一もその仲間のうちのひとりだ。悟は向坂大学大学院修了という学歴だ。専門としているのは現代アメリカ文学だ。

信一の専門はローマ法の研究だ。東都大学を卒業しても、なぜか東京には留まらずに京都に住みたくてやってきたという。古代の法典の研究者だから尚古趣味があっての転居かもしれないが、双方、互いの「訳あり」部分には触れずにつき合っている。

信一は京都の洛北に居を定めて妻帯者だ。信一が大阪難波《ミナミ》の学舎に出講するのは週一回の火曜日だけで、あとは京都校の教壇に立っている。

ミナミの学舎のまわりには、隠れたところに食堂がぽかりと口を空けている、というのが信一の持論だ。オフィス街だからきっとあるという。

「先生、こんなところにもありますよ。今日はここに決めましょう」

定めるのはいつも信一だ。悟は暖簾《のれん》の奥をのぞきみして、頷くのだ。ショーウインドーのある店は皆無だ。それだけの土地のゆとりがないためだろう。たいていビルの狭間に店を構えている。

店内に入ると、サラリーマンたちでいっぱいだ。ようやく片隅に空席をみつけ、ひと込みを掻き分けるように蟹の横ばいで席まで進んで、腰を下ろす。悟はお品書きの頁を繰った。信一は壁のほうに目を向けてから、やって来た店員に、Ｂランチと伝えた。悟は麺類を食べたかったので、五目麺を注文した。中華料理店は活気にあふれている。小奇麗な店より、うす汚れた店のほうが美味いと聞いている。この店は、客たちの汗と吐息でむれている。六月の中旬だが、スイッチがはいっているはずの冷房が効いていない。しぜんと額に汗がにじみ出てくる。

食べ終えた客が順番に席を立ち、会計を済ませて会社にもどっていく。空いた席に次の客が腰かける。待っているひとがいるのだ。そこへ、Ｂランチが運ばれてきた。

「早いなあ」

悟が素っ頓狂な声を上げた。

「先に食べてていいよ」

「では、お言葉に甘えて」

信一が箸を歯で割ってまずご飯から口をつけた。

「八宝菜定食か。美味そうだな」

悟が食べっぷりの良い信一の箸使いを目で追った。悟の五目麺はまだ来ない。水を飲んだ。

「先生、こういうときには、定食に限るんですよ」

信一が苦笑した。

「でも、五目麺なんか、すぐに出来るだろうに」

「いや、いまは昼時ですから、ランチＡかＢかＣにするのが腹を充たす近道なんです」

なら、注文時に助言してくれればよかったのに、と素っ気ない信一の横顔をうかがった。

ある場面が思い出された。軽音楽部の部室に悟が遊びに行って、信一と悠子が話に花を咲かせている環のなかにむりやり割り込んだときだ。悟は壁ごしに信一と悠子のふたりしかいないと推して扉を開けたのだった。

「スケさん、どうしました？」

信一がびっくりした声を上げた。悠子は寸時まばたきをした。

「いやね、愉しそうだから。五時間目の授業は？」

「……サボリですよ。ぼくらは物理が苦手でね。それに久保先生の授業は眠たくなるし」

「そうか、ふたりは同じクラスだものな」

そうです、と悠子が頷いた。

「スケさんこそ、どうして？」

「こっちは休講だよ。小池先生ったら、発熱なんだと。彼女の授業を愉しみにしてるんだけど、虚弱体質だと言ってるからね。よくあるんだよ」

ふたりは納得したようだ。悟にとってはこうして空き時間に三人で話すのははじめてだ。

「何をそんなに歓んでいるんだい?」

「たいしたことじゃないんです。箸が転んだだけで、といったレベルです」

「それは羨ましい。ぼくにはそういう女友達がいないからね」

すると悠子が意を決したように、

「助川さん。先輩にほのかな恋心を抱いてる女の子、結構いるんですよ、いや、憧れかな?」

頬が紅らんだ。

「嘘だろう」

「いいえ、わたしの知ってる限りでも三人はいます。フォークソング部にいますよ」

「……よかったら教えてくれる」

「いいや、それはダメです。自分でみつけてください」

悠子が首を横に振った。

「スケさん、そりゃあ、自分の仕事ですよ。男の甲斐性というものです」

悟ががっかりしたのは、悠子からの発言で悠子が悟ファンの一員でないことが知れたことだ。クリスタルヴォイスの悠子がフォークソング部に転部しないわけが漠然とわかってきた。

薫風に彩られて見事な葉桜の緑の時節がすぎると梅雨の季節を迎えた。べたついた気候が六月中旬から七月半ばまで大気を湿らせる。その憂鬱な空気に絡めとられるように、傘をさして食堂めぐりが続いた。

「秋庭先生、中華料理店がやたら多いですね」

「助川先生もそう思われますか。昼時に腹の足しになるのには中華がいちばん手取り早いのではないですかねえ」

「なるほど。でも一軒一軒、味が違うから、同じ中華でも飽きない」

ふたりはこれまで同じ店に入ったことはない。みな「一見《いちげん》さん」だ。悟は正直、予備校界隈にこれほど食事処がふたりを待っているとは予想もしなかった。信一の見込みが的を射ていたのだ。

「秋庭先生の鼻に曇りはなかった、ということになる」

「まぐれですよ。ぼくもどうなるかと思っていましたから。いつもカミサンから弁当をつくってあげると言われるんですけど、この『旅』が待ちどおしくて」

「…………」

素直に相槌を打てない悟がいた。

「率直に言えば、この『旅』は息抜きになるけれど、昼に質問にくる生徒たちを無視しているようで、後ろ髪が引かれる思いがしてね」

「助川先生は生真面目ですね。あっけらかんとした応えになりますけどね、午前中の授業で質問を抱かせない、完璧な講義をすれば済むことですよ。ぼくは、完全・完璧を心がけています」

信一は胸を張っている。たった三行しか進まない信一の授業に疑問が起こるはずがない。悟はそう思うと、にわかに信一に敵意に類する気持ちが芽吹いた。悟の卒《で》た平安大学は近畿圏ではトップクラスの大学だが、関東の東都大学に引けを取っている。世間の周知するところだが、平安大学卒業の講師は意地を張って決してそれを認めようとはしない。以前、悟はこのことを信一に明かして、田舎だよ、関西は、と自嘲したものだ。信一は、巨人と阪神の関係が大学の優劣にあてはまるとはねえ、と苦笑したものだ。悟はその笑みをみて、余計な口を滑らせたと悔いた。

その日、悟は朝から腹の調子がよくなかった。近所の内科に寄ってから出講することを予備校に知らせた。

クリニックでは点滴をしてくれた。ベッドに横たわって、ぽとんぽとんと落ちてくる溶液をみつめながら、悟はふと高校時代の校内実力考査のことを思い出していた。二年生も受験出来る模試だ。各教科、予備校水準の問題が出される。それから三週間後、試験結果の発表だ。全教科の総合点と各教科のそれぞれ優秀得点者一覧が配付される。英語の成績順位表に、いつも二年生の信一が五番以内に入っていた。悟は名前が載るか載らないかのスレスレの素点だ。五番以内の生徒はみな百点満点中七十五点以上だ。悟はよくて七十点、悪いときは六十点台前半だった。あのときの悔しい思い、それに妬みが蘇ってきた。何とかしてこの情《おもい》を払拭できはしまいか。

そういうことに想いを馳せているうちに点滴が終了した。針を抜いてもらい、会計をすませると、急ぎ足で予備校に向かった。

それでも三時間目からの出講となる。

二時間目終了時間より早めに控室に着いた。一、二時間目は代講してくれているはずだ。席につくや、点滴最中の悪夢に見舞われた。

悟は、信一のロッカーまでそっと歩を進めた。ノブを引いた。開いた。なかから信一が五時間目に担当する『セレクト英文解釈』を取り出し席にもどって鞄に押し込んだ。『セレクト』は難関大学志望者のクラスの基幹教材だ。

授業を終えてきた信一に腹の塩梅が悪いのでここでうどんでも食べる、と断りを入れた。四時間目が終わると信一が、では行ってきます、と悟に告げて出て行った。

信一が五時間目のチャイムの鳴るぎりぎりに帰ってきて、さっそくロッカーを開けた。丸めた背中が周章狼狽している。頭をつっこんでいる。

「秋庭先生、エレベーターに遅れますよ」

世界史の講師が叫んだ。悟は黙っていた。先に行ってくださーい、と信一の裏返った声が響いた。エレベーターの扉が閉まった。

「今日は、洋食としゃれこみましょうか」

信一がいつものように先に言った。

「そんな店、ある?」

「ええ、このまえのラーメン屋の道路を挟んで真向かいに、壁が全部ガラス張りの店、ありましたでしょ。あそこはおそらくレストランですよ」

鼻の利く信一のことだ、信じてよいだろう。この『旅』、いつも信一が悟を牽引した。たまに悟がみつけることもあったが、満席でべつの店に行かざるを得なかった。信一の場合、それもなかった。空席が必ずあるのだ。

ふたりはAランチのハンバーグ定食を頼んだ。コンソメやサラダ、それに小鉢の惣菜がついて七百五十円。

信一は器用にナイフとフォークを使いこなしたが、悟は割り箸で味わった。

「先生、今度わが家に遊びにきてくださいませんか。ぼくが晩飯の腕を振るいますから。京都の洛北はちょっと遠いですがね」

まっすぐ悟の目をみて誘ってくる信一の目力《めぢから》に思わず下を向いた。これは面倒なことになった。『旅』でさえ、内心後ろめたく感じ入っているのに、信一の招待は心に重たい石が転がり込んできたようなものだ。軽音楽部のときもそういう感じがした。毎回、信一は悠子と歓談していた。悟は悠子をフォークソング部に誘う機会がつかめなかった。そして随分と日が経ってから、悠子の口調に関西なまりがあることに気づいた。標準語で話しているつもりだろうが、抑揚に微妙な差異が顕われる。悟や信一の北海道弁とも明らかに違うのだ。京言葉か大阪弁か？

ハンバーグ定食はこってりとした味つけで舌触りもよかった。

「たまあにいいですね、あちらのものも」

「言えてるね」

悟が即座に頷き、コーヒーでも頼もうか、と壁の貼り紙をみてつぶやいた。食後のコーヒー、紅茶は一〇〇円、と書いてある。

「そうしましょう」

食後眠たくもならないためには腹八分目がよい。中華の際、圧倒的な量だった。昼寝をしたくなる。注文したコーヒーが運ばれてくると、気が楽になったのか、信一が口火を切った。

「先生、ここだけの話ですが、ぼくは法曹界に進みたかったんです。本音のところでは予備校講師という職は『余技』だとみなしています」

コーヒーを啜《すす》りながら一言一句、噛みしめるように語った。結果として司法試験に落ちて予備校講師をしている、ということなのだろう。東都大学の法学部出身の信一にしてみれば、当然な志望だ。悟が、官僚だけには就きたくなかったんだ、と同情めいた口吻で言うと、

「ええ、官庁勤めになるくらいなら、予備校勤めのほうがせいせいしますよ。それにいまの司法界、腐ってますからね、これでいいんです」

「……なるほどね」

矢でも鉄砲でも持ってこい、ということか。

だが、実際、信一は非常勤講師の身だ。いつ馘首されるかわからない。予備校講師は一年契約だから、授業の人気やわかりやすさなどをはじめとするアンケートが悪かったら次年度の授業時間が減らされるか、クビだ。

「なら、専任を希望すればいい」

「無理ですよ。関西校は平安大閥ですから」

「それと理科、社会科は同士舎大閥」

「そうですね」

信一が理科・社会の講師の面々を思い浮かべながら首肯しているのがわかる。

「特に、世界史と日本史がそうだね」

「はい」

食後のコーヒーはどことかしら気分を解《ほぐ》す効果があるのだろう。信一の表情が和らいでいる。


その顔つきを浮かべながら悟は前回の『旅』の朝、風邪気味を理由に断ったことを思い出していた。七月初旬の新緑がういういしいときだ。信一は風邪なんぞ、外の空気を吸えば吹き飛びますよ、と誘いかけたが、悟は頑強に拒んだ。すでにお弁当を注文しているせいもあった。そうですかぁ、と信一が名残惜し気に出て行った。悟は見届けると、さっそく信一のロッカーのまえに行った。鍵をかけていないのは知っている。開けると、五時間目の信一担当の『セレクト』を奪って、素早く自分の鞄に畳み込んだ。みている講師は誰もいなかったし、どの講師もテキストをロッカーに残して帰宅する人物がいるとは思ってもいないはずだ。悟は信一について廻って『旅まわり』をしている自分に無性に腹がたっていた。というより、くよくよしていた。自分が高校の一年先輩に当たるのは確かだが、すっかり仕切られている。久しぶりにお弁当にありついた悟はそれだけで満足だ。

五時間目のチャイムがなる寸前に信一がもどってきた。

「先生、今日は、蕎麦にしましたよ。コシの強い蕎麦で、タレも絶品でした。今度案内しますよ」

言い終わるやそそくさとロッカーに向かった。扉を開けた。あれっ？　という声が響いた。ないぞ、へんだなぁ、と続いた。チャイムが鳴ってみな席を立った。信一はまだロッカーに首をつっこんでいる。

「秋庭先生、行きましょう」

悟が声をかけた。

「……ちょっと待ってください。……先に行ってください」

か細い応えが返ってきた。じゃ、お先に、と悟が丁寧に述べてエレベーターに急いだ。第一陣に乗り遅れると生徒から不満が募るのだ。

授業が終わって控室に帰ると、信一が、冷や汗ものでしたよ。『セレクト』がなくなっていたんですから。急いで教務から借りました、全く安全管理がなっていないと愚痴った。

「鍵はかけていたんでしょう?」

「いや、それが……」

信一は頭を掻いた。

「物騒なこってす。授業は差障りなく?」

上目遣いで尋ねた。

「ええ、三行、進みましたから」

「また、前置詞の説明?」

「いえ、〈強調構文〉です」

「『セレクト』に〈強調構文〉はありました?」

同じテキストをべつなクラスで受け持っている悟が故意に言った。信一より進み具合が速いから出てくればとうに気づいているはずだ。

「はて、どのセクションで?」

「どこにも出てきませんよ。ぼくが強引に押しつけたんです」

この信一の勝ち誇ったような口調で悟は我に返った。

二回にわたる「盗み」からいままで、罪悪感は微塵も生まれてこない。なぜだかわからない。しかしそれで、悟の気持ちに安堵の念が芽吹いたことは確かだ。

信一がコーヒー・カップを傾けている。悟は飲み干していた。


『旅』はまだまだ続いたが、信一の先導で行く食堂はどこも料理の味がよく、悟もそれなりに充たされた。稀に胃痛だとか熱っぽいとか嘘をついてお弁当を頬張るときもあって、その際には、ロッカーから『セレクト』を盗んだ。なくなるたびに教務課から支給されているらしい。もう信一も狼狽せず、ただちに教務課におもむくようだ。悟が集めた信一の『セレクト』には一切の書き込みがなかった。

悟には窃盗の自覚はない。暗に「予習」を励行せよと促しているつもりだ。

夏休みまえの食堂巡りで、正直言って、『セレクト』がこうも頻繁に盗まれるなんて、いったいどういうことなんでしょう、と告白した信一はすっかり弱気になっていた。その弱音を聞いて、悟が抱いていた劣等意識がすっと消えた。

「講師のなかに確信犯がいるのでは?」

「先生もそう思われますか」

「ええ。でもテキストを自宅に持って帰らないのもよくない……。何回被害に遭っているんです?」

「七回もです。ひどいと思われませんか」

内心、七回という数字に驚いた。四回しか盗んでいない悟のほかにも犯人がいるのだ……。信一の素振りにいかばかりかの反発を覚える講師がいるようだ。ひとづき合いの上でどこかで損をする性癖の持ち主なのだろう。司法試験に合格しかねたのも、案外、こうしたささやかなところに原因が転がっているのかもしれない。

「先生は予習しなくとも初見でわかる方だから」

「そんなこともないんですが。誰かの恨みをかっているのかなあ?」

うなだれて信一が嘆息した。悟は黙ってその仕草を凝視した。まんざらでもない気分だ。自分の裡のどこからその心持が湧いてくるのかわからなかったが、こんなものだろうとは思った。

少し経って信一が顔をあげて、にわかに笑みを浮かべて、

「それより、先だってお話した家《うち》での夕食会、今度の日曜日、ご都合いかがですか」

きたか、と悟は身構えた。考え込む素振りをして、おうかがいいたしますと応えた。

「ありがとうございます」

そう応えた悟の後に続いて信一も食事処をあとにした。

日曜日、悟は京都駅前から教えられた通り5番のバスに乗り、一乗寺《いちじょうじ》というバス停で下車した。信一が待っていてくれた。住宅と田圃が交互になっている風景のなかを歩いて信一の家に着いた。戸建てを買ったというその家は洒落た感じのたたずまいだ。

玄関の扉を引きながら、おこしになったよ、と奥に声をかけた。すると、助川先輩、と叫びながら奥から小走りにやってきた。その声が胸の底を打った。

「いらっしゃいませ。お久しぶりです、先輩」

えっ、と悟がその女性を見た。

「あっ、谷繁さん。谷繁悠子さんじゃないですか」

その言葉を引き受けて信一が、

「高校を卒業してからも続いてこうなりました。四度目の司法試験失敗と同時に、悠子の実家のある京都に越してきたというわけです。腐れ縁ですよ」

「……それはそれは。先生もひとが悪い」

観念したようにつぶやいた悟だが、脳裡にはロッカーのなかをまさぐっている姿が蘇っていた。

6

腹

大阪

悟と時子の
マンション
三野尾市
豊内市立病院
JR 福知山線
武庫川
大阪空港
地下鉄御堂筋線
関西第一大学
万里山キャンパス
東海道新幹線
山陽新幹線
淀川
岩佐クリニック
東三国
新大阪
東海道本線

大阪府北部

切腹だけで果てるかどうかは、介錯人が必ずつくから無理なのだろう。死ぬ気ならば頸動脈を切ったほうがよいはずだ。切腹という「作法」はおそらくずいぶんと長いあいだ続いたと思える。四十代なかばで切腹と介錯で逝った作家もいたほどだ。心臓のおさまっている胸ではなく腹を小刀で切り裂く行為。これにはある種の意味がこめられているのだろう。

おまけに強烈な痛みを伴うに違いない。

悟は、腹に短刀を突きさしたような痛みを経験したことがある。つい最近のことだ。それで「腹」のこと、「切腹」という作法に思考が走った。

駿春予備校から関西第一大学にアメリカ文学の教員として採用されて、はじめて個人研究室というものをもらった。予備校講師の控室にはその日の授業担当の講師が全員顔をそろえるから、椅子はみな埋まって、大きな机に顔を突き合わせて腰掛けることになる。そこで予習をする者もいれば、サッカーの話題で興奮している講師もいる。

そうした光景になれていた悟はまったく違った環境におかれて当初、戸惑った。大学にはオフィス・アワーという時間が設けられていて、学生が自由に研究室に出入り出来る時間帯が組まれている。

悟は、他の教員が昼休みに設定するのとは異なって、木曜の五時間目にした。五時間目は、十六時二十分から十七時五十分までの九十分間だ。希望者は事前に連絡するよう伝えてある。四十分まで待ってこなかったら、いつも帰路につくことにしていた。

だがその日は、その四十分ぎりぎりにノックの音がした。事前の予約もない日だったから、その時刻まで、べつに待たずともよかったのだが、待機していたのがまずかった。はい、と返答すると、

「脇本です」

ドアを開けながら入ってきた。見知った顔の女子学生だ。ここで名前と顔が一致した。予備校では一年間質問にきていても名前がわからずに皆が進学していった。匿名の学び舎で、一抹の寂しさを毎年感じていた。大学はそうではないらしい。

椅子から立ち上がった悟は、ソファに手を差し伸べ、坐るよう促した。

「先生、わたしのこと、知っていますか?」

「……ああ、『アメリカ南部の文化』をいつもいちばん前の机で受講している、君だね。脇

本さんだったね」

「はい。脇本華那です。豪華の『華』に、『那智の滝』の『那』です」

悟は腕を組んで、

「華那さんか、素敵な名だね」

「ええ。おばあちゃんがつけてくれたんです」

「センスがあるよ。そのおばあちゃん。いまどきの名としてはしゃれてるな」

「もう七十三なのに派手な格好をしているんです。靴下なんか真っ赤なんですよ」

「お年を召すと服装などは派手になるものなんだ」

悟は出し抜けに祖母の話を切り出した華那なる女子学生をしげしげとみつめた。

「……で、なんの用?」

「べつにこれと言ってないんです。ただ、『アメリカ南部の文化』の講義が面白いので、先生がどんなひとか興味を持って」

「そういうことか。相談事かと思ったけど」

華那は悟を、顔に始まって、咽喉、ジャケット、ネクタイ、ベルト、靴、と順々になめるように視線を走らせた。華那は葉桜色のブラウスを羽織り、白いスカート姿で、おのずと清潔感が漂ってくる。

「わたし、アメリカに留学したくて……それで」

「それでぼくのところに?」

「はい。先生、アメリカの文化に詳しそうですから」

「それほどでもないさ。植松先生のほうがもっとよくご存じだ」

華那はとたんに刃向かうような眼差しで、

「あの先生の授業はつまらないです」と断言した。

「どこらへんが違う?」

すると華那がテンポかな? と首を傾げながら述べた。

「助川先生の間の取り方、抜群です。酔ってしまいそう」

つと、自分が予備校講師出身者であることを想起した。

「そう。それはうれしい。ぼくは予備校講師をしていたんで、そのときしぜんに身についたんだろう、きっと」

「そうなんですね。わたし、これでもゲンエキですから」

「それで、何年くらい留学したい?」

「一年に決まってます。就活もあるし。お尋ねしたいのは、どの大学がよいか、ということなんです」

「大学ねえ」

口に出したとたん、お腹《なか》にキリリと痛みが走った。しぜんと手をあてがった。

「ハーバードかスタンフォードか、どっちにしたらよいかと迷っています」

「英会話はどのくらい？」

よくぞ訊いてくれたといった調子で、

「日常会話くらいならバッチリです」

「……その程度では大学の授業についていけないだろうな。まずは語学学校に入学して上級クラスまで進むこと。それからだよ。それに、アメリカにはさっき君が口に出した以外の大学がたくさんある。名門に憧れる気持ちはわかるけど、そのほかの大学を薦めるよ。とくに付属に語学校を持つ大学をね」

「わたしには無理だということですか？」

語調にすごみがある。

そこで悟は、日本に留学してくる外国人が全部、東都大や平安大にくるわけでないし、この関西第一大学にもたくさんの留学生がやってきている。うちの大学の偏差値は知ってるね、それに見合う留学生がやってくるんだ、と突き放した。華那は、悟から目を離しテーブルへと視線を落とした。

「身のほどを知れ、ということですね」

言い終えるとまた腹に錐《きり》が突き刺されたような疼痛が腹の底めがけて走った。期せずして身をかがめた。その姿を華那も目にしているはずなのだが、なにも感じていないようだ。

「……まあ、そんなところかな」

「ボストン郊外あたりの大学がいいですか?」

悟はアメリカの大学の実態をまったく理解していない華那の主張に頭を抱えた。その動作と重なるようにまた腹の内部から差し込むような痛みが起こった。

でも、確かに言えることは腹下《くだ》しではない。さっぱり便意がともなわないからだ。それなら何だろう? 持病のフェジン症候群か? 昨日、注射をしに出掛けたし、フェジンの痛みは関節に勃発するものだから、異種の何かが原因なのだろう。

華那がじっと悟をみつめて、回答を待っている。

「脇本さん、よく聞いてね」

悟は絞り上げるような声でやっと言った。

「この大学には提携校がきちんと存在していて、そのなかから選択してほしい、というのが大学側の方針としてあるからね」

やっと言い終えてはじめて悟は腹に手をあてがってさすり始めた。華那の視線が腹に向かった。痛みがさんさんと芽生えてくる。早く何とかしなくてはならない。それには華那に研究室から出て行ってもらわなくてはならない。そしてそのすぐあと、自分も家路につく……。

華那は何か気づいたようで、ありがとうございます、それでは失礼します、と席を立ち、一揖《いちゆう》して出て行った。

ほっとした、と同時にこれはもう疝痛《せんつう》の域に到達しているとみて間違いなかった。手を打たなくては。

正門を出ても裏門を利用しても、関西第一大学の位置が万里山という小山を切り拓いた土地に学舎が建っているために、流しのタクシーなどめったに通らない。最寄りの私鉄の駅まででも山坂の繰り返しだ。

悟は、どうしようか、救急車を呼ぼうか、それとも、駅まで腹を抱えながら歩いて、帰宅しようかと思いめぐらした。交換手にもうつながらない時間帯にきている。

タクシーも利用したこともなかったので、電話番号もわからない。それで、やはり駅まで歩くことにした。降車駅からはバスではなくタクシーで急ごう……。

研究室を出ると、奥までのびる長い廊下の奥から二番目の部屋だから、出口までもつらい。鞄を左手にぶら下げ、右手で腹を抑えてよちよちと進む。背中を「つ」の字形に曲げた高齢者のようだ。額に汗がにじみ出てくる。気力がうすれてくる。

外に出て、この痛みの種類が、まさしく激痛の部類だと感じた。もし、痛みが十段階に分けられるのなら、八を超えている。疼痛や疝痛を凌駕している。鈍痛としたほうがよいだろうか。激しさに重い垂れ込みが加味されている。

ひょっとしてこの痛みは、時子の祖母が罹患したリューマチが腹の底からわいて出てきているのではなかろうか。裏門をなんとか出て、もう夜のとばりが下りそうな時間帯の薄闇のなかを貫く坂道を、酔っぱらいのような千鳥足だ。そのとき、背後から悟めざして？　一条の光が襲ってきた。振り返った。

タクシーだ。屋根の会社名が光っている。「空車」だ。天の助けだ。悟は鞄を横に置き、おーい、と声を張り上げ手を大きく振った。タクシーが悟の右側に停車した。扉が開くと、身を投げ入れた。

「三野尾市の千場にお願いします。お腹が痛くて痛くて……」

「……それならお客さん、千場の手前にある、豊内市立病院に、では」

「いや、家《うち》にともかく。家内が帰っているはずだから」

「そうですか？　だいぶ苦しそうですよ」

運転手がミラーをみながらつぶやいた。心配そうなその目を悟も苛立ちながら見返した。目を上むきにするだけで腹に痛みが萌した。席に横たわりながら、鞄から財布を取り出し、一〇〇〇円紙幣の枚数を数える。四枚ある。これだけあれば、自宅まで充分だろう。ただ、掛かりつけの東三国の岩佐クリニックには不足に違いない。

時子は帰宅しているだろうか？　帰っていれば、車でクリニックに送ってもらおう。時子はバトミントン・クラブの監督兼顧問をしている。本来なら、五時半で終了なのだが、近畿大会での優勝を狙っているらしく、別途練習場を借りて特訓を行なっていて、遅くなるときもある。時子以上に生徒のほうが苦行ではないか。時子によるとこの練習に耐えられない生徒はモノにならないのだそうだ。本当かどうか疑わしい面もあるが、言い出したら聞く耳もたずの女《ひと》なので文句は言わないでいる。

タクシーがやっとマンションに着いた。三四二〇円だ。

腰を折り曲げて、自動で開いた扉の、狭い空間をなんとかはい出た。

エントランス・ホールにはいるまえに、部屋番号のボタンを押した。一回でピンポンが四回繰り返される。応答がない。時子はまだもどっていないのだ。

ズボンの後ろポケットから、時子からの贈り物であるキイーホルダーを引っ張り出して、鍵穴に差し込んだ。重たい扉がゆっくりと開く。ホールの奥のエレベーターが一階に停まっている。これ幸いと乗り込んで13を押した。丸まった腹に鞄を抱え込み、激痛をなんとかこらえた。

一三〇二号室の鍵を開けてよろよろしながら上がり框に身を投げる。息が切れている。足を床に擦りつけ蹴るようにして靴を脱ぐ。短い廊下が百メートルのように長く感じる。寝室のベッドへ転がり込む。鞄を投げ捨て、うつぶせになる。腹の底からうめきが聞こえる。

激痛のランクはわからないが、最上のレベルに達しているに違いない。六時は過ぎているだろう。時子は今日も特訓なのか？　早い日でも六時を経ての帰宅だ。その日であってほしい。

呻《うめ》いているその声に玄関を開ける音が重なっているのが微妙に聞き取れる。鍵は、つらくてかけ忘れていた。鍵をかけていないのにかかっているものとして、逆に、かけてしまったらしく、手間どっているようだ。

やがて、カチンという音がかすかに鳴って、ただいま、先に帰っていたのね、と語りかけるような声が玄関先から響いてくる。

やっと帰ってきてくれた。ほっとした悟は、両手で腹を抑えながら、顎を突きあげて、時子、ここだ、寝室だ、ベッドの上だ、と雑巾を絞るような声とも言えない声をあげた。聞こえたかどうかはわからない。というのも、扉が開いているのに、寝室を通り越して居間に向かったからだ。

「あなた、どこ？　帰っているんでしょ。トイレ？」

悟にははっきりと聞き取れる。もういちど、性根を入れ雄叫びをあげた。

「えっ？　どこ？　まさか、寝室？」

スリッパとフローリングの床との擦れ合う音がする。

「時子、ここだ。電気をつけてくれ」

改めて自分が灯りもつけずにベッドに転がり込んだことを知った。

「……どうしたの？　こんな暗がりのなかで」

「お腹が痛くて痛くて、切り刻まれているようだ。もう我慢できない」

「フェジン症候群では？」

「いや、あれは関節以外には出ない。病院に連れて行ってくれ。救急車を呼んでくれてもいい。フェジンかリューマチかのお腹版だよ」

「大学からクリニックに向かえばよかったのに。救急車はご免こうむるわ。あのピーポー・ピーポーの音、ご近所めいわくよ。わたしが車で運んであげる。でも、三分、待ってね」

「三分？　なぜだ？」

「お腹、ペコペコで、インスタント・ラーメン、作るから」

悟は一瞬、言葉を失った。インスタント・ラーメンだって……。どっちが大事なんだ。そしてこう思った。インスタント・ラーメンは、出来上がるのに三分を要し、それから食べるのだから、都合、約十分はかかる。あと十分などもたない。腹がすいているのはわかる。でも、こうした緊急の場合に優先順位があるだろう。さらに、こうしたときの十分は長い。全身が痛みという甲冑を背負ってしおれていく。

十五分くらい経った頃、時子が寝室に現われて、もう大丈夫よ、わたしがついているから、と悟を励ました。遅すぎる！

「さあ、岩佐クリニックに行きましょう。お腹全体が痛いのね」

「頼む。こんな激痛、生まれてはじめてだ」

時子の肩に片腕を乗せて、ゆるりゆるりと玄関まで、すり足で向かう。一歩すすむたびに疝痛が臍《へそ》を中心に渦巻いてくる。早く駐車場までエレベーターで降りなくては。

「いつから痛み出したの？」

「五時間目。研究室で学生と話をしていたときだよ」

「しんどそうね」

「こんなオレを放っといて、よくラーメンなんか、食えるな」

「あら、わたしは、武士は食わねど高楊枝ではないもん。お腹が減っていてはなにも出来ない」

黙るしかない。確かに時子にはこうした図太さがある。だからフェジン症候群という難病に冒されている悟のことを気にせず結婚を承諾して、いまがあるのだ。

時子は後ろ扉を開けた。同時に悟がシートに身を投げた。芋虫にも似た格好だ。

「岩佐クリニックまで、何分かかる?」

「……二十分くらいかしら。我慢できる。しっかりしてね」

はじめて励ましの言葉を聞いた気がする。ああ、しっかりしてるさ。こんなんでくたばるものか。

車は発車した。あとは時子に任せておけばよい。東三国にある岩佐クリニックの午後の診療時間が八時までだから充分に間に合う。腕時計をみると六時五十分だ。

帰宅ラッシュの流れと進行方向が逆の時間帯なので、渋滞にハマることなく走っている。これなら二十分もかからないだろう。クリニックまえの駐車場に車は一台も停車していない。診察室の灯りがこぼれている。なぜか、ほっとする。助かったと溜息も出る。時子が扉を開けてくれた。地面に手をついて這い出る。足が座席から離れた瞬間、腹を激震が貫く。手で押さえることもままならない。

「辛抱してね。ナースを呼んでくるから」

そう言い残して時子が玄関へと足早に消えた。「目には目を」のつもりで、痛む腹を上から押し込んでみた。一瞬、疼痛が失せたが、すぐに襲ってきた。

そこへ、ストレッチャーを押したナースが時子とともに駆けつけた。

「自分で乗れる？」

「ああ」

ストレッチャーの脚を片手でつかみ、もう一方の手で地面を蹴って、立ち上がり、またいで、なんとか横たわった。

「痛みますか？」

いつもの今井ナースが訊いてくる。

悟は両手で腹を抑え、

「……このとおり、汗が額に」

「わかりました」

今井はストレッチャーを押し始めた。入り口を抜け、待合室を過ぎて診察室にはいった。

「どうしました、助川さん？」

岩佐医師が血相変えて尋ねてきた。

「お腹が、にわかに痛み出して。それも、内臓の底の、なんと言いましょうか、お腹に底があるのなら、その底から突き上げてくるような……」

「じゃ、拝見しますね。ボタンとベルトをはずしますよ」

悟はなされるがままだ。腹を丸出しにした。岩佐は右手の指を左手の甲に押し当て掌で腹の脇から押していく。温かい手だ。

「ここはどうです？　こちらは？」

「そうでもありません」

お腹全体に広がっているとみなしていた痛みが、岩佐が手を当てた部分に限って不思議と疼痛が失せる。

最後に臍のあたりに両手をあてがって、どうですか？　と。

「ああ、なんとなくそこに痛みが集中しているような、そうでないような……」

「そうでしょうね。助川さん、これは腹膜炎です」

「腹膜炎？」

「はい。さぞかし激しい痛みだったでしょうね」

「……ええ。腹膜炎とは。やっぱりフェジンのお腹版ですね」

「痛さの激しさで言えば、そうとも表現できますね。たぶん、細菌がなんらかのかたちでお腹にはいりこんだと思います。とにかく痛みを取りましょう。今井君、リキソニンを」

今井ナースはその場をはなれ、すぐに薬と水を持ってきた。悟はなんとか水を口に出来るほどまでに上体を起こし、唇を突き出して薬を服《の》んだ。

「三十分ちょっとで痛みは消えますよ。腹膜炎は下手をすると、死を招く炎症ですから、早くにわかってよかった」

岩佐の言葉に驚くとともに吐息がもれた。

「それで、どういう治療をするのですか?」

「はい、抗生剤を点滴で投与します。菌に効いてくれる抗生剤ならいいのですが……」

「というと?」

「効き目のある抗生剤に出会うまで、とっかえひっかえします。それで入院が必要です。うちはクリニックですから無理なので、総合病院をご紹介します」

「……そうですか。どれくらいかかりますか?」

「それは抗生剤と菌とのマッチングによりますね」

悟は目を閉じた。どうして腹膜炎に罹患したのか。考えあぐねる。

そのときふと、痛みにさいなまれながらも、これが頭痛でなくてよかったと思う。五感を司っている頭が病んだら、どこでその痛みを感得するのか。素朴な疑問がわいた。頭じたいがみずからの痛みをきちんと距離を保って実感するのか。

いま腹をやられた悟はその激痛を頭で感知していても、じっさいは腹に感覚器官が備わっていて疝痛を看取しているのではないか。

腹に精神めいたものが潜んでいる。「腹を据える」、「腹が黒い」、「腹が立つ」、「腹を決める」、等々、「腹」にはこうした比喩表現が多数ある。そうしたら「腹を切る」＝「切腹」もその一種だ。ひょっとして「切腹」に臨んだときと同じような痛みを腹膜炎で生じたら、悟は精神にも痛手を得たことになるだろう。

逆に考えれば、日本人は腹に魂が宿るとみて、切腹をするのかもしれない。

「先生、お腹に魂は、宿っていますか？」

「え、腹に魂？　……腹は腹ですよ」

「なに、アホなこと言ってるの。頭もおかしくなったんじゃないの？」

時子の声だ。

「そうですよね。お腹に魂なんていませんよね」

なら、どこに棲《す》まっているんだろう？　と考えつつも、やはり腹に魂が潜んでいるという思いは無くならなかった。

7

口

札幌

札幌市電
中島公園
北海道立総合体育センター
幌平橋
曙高校
悟の実家
札幌市営南北線
月寒公園
もいわ山ロープウェイ
藻岩山
豊平川
山羊ヶ丘通

札幌市南部

― □ ―


時子に尋ねたことがある。

「女のひとは笑うときに手で歯を隠すけど、あれは自分の歯の色に自信がないからなのかなあ」

「いやーね。歯じゃなくて、口のなかをみられたくないからよ」

「口? なるほどね。男は手をあてがわないが、もしそうするのなら、歯だ、と思うよ。白い清潔な歯だといいけど、くすんだ色や黒っぽかったら、恥をかくからな。俳優や女優の歯はみごとなくらいきれいでピカピカしている。憧れちゃうよ。毎日の手入れの賜物なんだろうな」

反省をともなった声音だ。

「なによ、急にしみじみと。あなたの歯、それほど、汚れてはいないわ。恥ずかしく思うこと、ないわ」

時子は透明な域にまで達している上下の歯をみせつけた。歯並びもよい。悟もその点は大丈夫だと思っている。ただ、時子もそうなのだが、笑ったときの口の開き具合によって、治療した歯の銀色のかぶせまでみられるのではないか。これが懸念の種だ。ここから奥歯に属するという地点にその歯が鎮座ましましていて、はなはだ具合がわるい。

時子をみていると、他人に、そこまで口を開いて笑ったことがない。そのまえに手でおおっている。

「あなたには、遠慮なく口のなかをみせている。気が置けない間柄って、こういうところに出るのよね、きっと」

口許がほころんだ。悟は目尻を下げた。

「もちろん、いろいろな歯列のひとがいるから、それを隠している場合だってあると思うわ。抜けているひと。出っ歯のひと」

「……前歯が二、三本のひともいるしな。俳優やアナウンサーはみなきれいだ」

「だって、歯をみられるのを覚悟しての仕事に就いているんだもの。あれできたなかったり、抜けていたりしたら、ラジオ専門のアナウンサーだわ、きっと。おぼえているかしら？今村昌平監督がメガホンをとった『楢山節考』で、おばあさん役を演じた坂本トミ子さんのこと」

―― □ ――


「ああ、息子役が尾方拳だったやつだね。……そうだ、坂本トミ子、前歯がなかったね。おどろおどろしい感じだったな。それがどうかしたの？」

「演技のため抜いたのよ」

「えっ、そうなの。知らなかった。撮影終了後、もとにもどしたわけだ」

「そう。役者魂ってことよ」

「さすがだね」

「歯は目と同じで、そのひとの人相にまで影響がおよぶ。全部抜けていたら、口がしぼんでしまって……」

「わかる、わかる、みっともない面立ちになるよな。歯列矯正をしているひともいるけど、あのひとたちは意外と気にしていないみたいだ」

「そうね。名前が出てこないけど、フィギアースケートの女子選手にもいたわね……。すべて抜けているひととか、二、三本しかないひとは、どこで食べものを噛むのかしら。歯肉かしらね？」

「それより、もう、お粥《かゆ》とか、液状のものしか食べられないんじゃないかな」

「同感。ところで、あなた、わたしの口のなかまでみたことある？」

時子の目と声が妖艶な色彩を帯びた。

「……なかまでねえ。意識してみたこと、あったっけな」

悟は腕組みをした。時子の口のなか……。口づけした折には舌を入れるが、奥はみていない。

「覚えていないな」

「そっ。残念だわ。大サーヴィスだったのに」

「…………」

時子とのあいだの沈黙が、悟を、なぜか少年期へと向かわせた。

兄の守は本を読むのがすきで、読書している守の姿は目に焼きついている。ものごころついて、悟も、兄を真似て、小学生用に書き下ろされた「著名人の伝記」を読み始めた。その頃、守は両親にせがんで、出版されたばかりの『世界カラー百科事典』全六巻を買ってもらっていた。股座《またぐら》に大事に、分厚い、そのうちの一巻を抱え込むようにして読みふけっていた。調べているのではなく、まさに読みふけっているのだ。

悟は、親がそろえてくれた、『日本の伝記シリーズ』と『世界の伝記シリーズ』から、名前を知っている人物の評伝を選び出して読んだ。日本では「豊倉秀道」、世界では「エジタン」だ。

―― □ ――

「豊倉秀道」の本の最後の目次名が「日本の統一」であったことを、いまでも鮮明に覚えている。誰かから、秀道の悪い評価を聞いていたこともあってか、〈日本の統一〉には戸惑ったものだ。その伝記本が記すように、ほんとうに日本に、統一が訪れたのか。当時はまだ、〈朝鮮征伐〉と称されていた歴史観だった。その後、〈朝鮮出兵〉に早晩変わった。だが、本来なら〈朝鮮侵略〉だろう。〈日本の統一〉が、小学生向きの目次で、ハッピーエンドでおさまることが必要条件であるとうかがえた。

その後、兄が高校生になったとき、例の『百科事典』をもう手に取ることはなかった。それで、悟が兄から引き継ぐように、全六巻を本棚から引っ張り出して、頁をめくってみた。カラーだから確かにきれいでみやすい。

視覚に訴えるということが、これほどまでに効果があるものなのか。

六巻、背を下にして眺めてみた。

すると、第二巻目の、「く〜せ」に汚れが目立った。国語辞典のように、親切にも外側の紙に、「か行、さ行」と、頁を灰色で示してあった。さ行の「せ」の箇所が他の語句よりも一段と濃い。何度も何回も「せ」の頁を兄貴が開いたのだろう、手垢がついている。「せ」全般にわたっているわけではなく、数頁だけが特筆して黝《くろ》ずんでいる。なんだろうと思って、さっそく開いてみた。

「あっ！」

期せずして声が出た。

みてはならぬものをみた気がして、即刻、閉じた。どきどきしている。押しとどめた「あっ！」の余韻が胸の底をえぐっている。どうしたものだろう？　守に訊いてみようか。一緒にみてもらおうか。悟ひとりでは手に負えない代物だ。でも、惹きつけられはする。

もういちどゆっくりと開いてみた。水道の蛇口と、中央の穴を幾枚かの花びらに似た肉片が左右からおおう、ふたつの絵図が並んでいる。

めまいがしそうだ。

悟はその巻を抱きかかえると、守の部屋に駆け込んだ。

「にいちゃん」

守の肩がびくりと動いて振り返った。書き物をしていたようだ。椅子の背に右わき腹が当たった。

「……なんだ、悟か。どうしたんだ。血相、変えて」

「秘密がばれたぞ、にいちゃんの」

守の目がきょとんと動いた。

— □ —


「秘密って？　なんだ？」

悟は第二巻目の問題の頁を開いて守の目のまえに差し出した。

「……これかあ。みつけたんだな、おまえも。とうとう」

「こっそり、のぞいていたやつだね」

「べつにこっそり、というわけじゃない。おまえには早すぎると思ったからだ」

「『せ』の頁のところが汚れていた」

「べつな『せ』も調べてみたか？」

挑むような目つきだ。

「いいや。まだ、ある？」

「うん、もっとな」

「絵図が出ている？」

「いや。『せ』の頁を一枚ずつ、ゆっくりとめくっていくと、そのうち出くわすさ。その絵のすぐまえあたりにも、ひとつ、あるよ」

悟はすべてご存知といった顔つきの守から事典を引きもどすと、胸に押しつけて睨みつけた。知ったかぶりしている。

「いつ、気づいたの？」

「それは言えないな。男ならとうぜん通る道だよ」

ことさら恰好つけている。普段の兄らしくない。

そのときふと、つい先日学校で行われた映画会の一件が蘇った。一本目が終わると、男子だけが体育館から出されて教室に帰ったのだ。女子は残ったままだった。担任の男の先生も体育館だ。

男子たちがざわめいた。どうして騒然となっているのか、誰にもわからなかったが、あの助べえ担任が居残ったからには、きっとあのことだ、とみな口々に言い合った。

「あのこと、って？」

悟が訊くと、正確に応えられる仲間はひとりもいなかった。でも、あのこと、なのに違いないのだ。

修学旅行の一週間まえだったと記憶している。

守に同じことがなかったか、と尋ねてみた。

「あったな。だって、おんなじ小学校の卒業生じゃないか」

「うん。女子はなんの映画をみてたの？」

「それか。それこそ、応えは『せ』の項目のなかにある。自分で調べるんだな」

いやにつっけんどんな物言いだ。よほど、「発見」を誇らしく思っているに違いない。

—　□　—


「ひとつ、訊いていい？」

「もち、さ」

「どうして『せ』に行きついたの。友達からなんか」ここで、守がさえぎった。

「それもある。お前も知っている、百田、黒澤、八亀たちとな。黒澤の家に、べつの百科事典があって、あいつったら、みろよ、これ！　っておれたちのまえで、その頁を開きやがった」

悟はその光景が目に浮かんだ。百田たち三人はいつも守とつるんでいた。悟とも仲がよかった。

「びっくりした？」

「オレを除いてな」

「にいちゃんは、知っていた？」

「はっきりは、知りはしない。でも……」

「でも、なに？」

「悟は、もう、歳をとりすぎているから無理だ。事典で知るしかないだろう」

この意見、理解しかねた。まだ小学生だからか。

「よくわかんない」

「それでいいんだ。『せ』の頁で勉強するんだな。それが正確でいちばんだ。黒澤たちもそうやって知識を増やしていったのだから。オレなんかより、あいつらに尋ねたほうがいいんじゃないかな」

守の述べることが、やはりすべて把握しかねる。なにかあったのか？

「にいちゃん、奥歯に物が挟まったような言い方はやめて、はっきり教えてよ」

食い下がった。

「……うーん。オレひとりのことじゃないからな」

天井に視線を投げた。

「ひとりじゃない？」

「まあな。プライヴァシーってぇものがあるだろう。四人で約束したんだ、秘密にしておこうと」

「…………？」

守は腕を組んだ。悟はぎゅっと事典を抱え込んだ。

「悟、こんなこと考えたことはないか？　オレたち人間はどこからきてどこへ向かっていくか、ってことを」

首をひねった。なかったのだ。

— □ —


「……にいちゃんは疑問に思ったんだね」

「まあな。それでその回答を探し出してみようと思った」

「それを四人でやったわけ？」

「うーん、まあ、そう応えても、当たらずと雖《いえど》も遠からず、かな」

守の口許がゆるみ、悟もいちどは頭を悩ませられる問いだと思うけどな、とつけたした。

「にいちゃんは、わかったんだ。すごいな」

「偶然だった」

「たまたま？」

「そうだ。おまえより小さいときに、な」

「ほんと？」

「ああ。母さんが教えてくれた。一緒にお風呂に入っているときだった。もう、悟はひとりで入っているだろう。オレは小二まで母さんと入っていた。もちろん、父さんと母さんの三人で、というときもあった。そのときは母さんとだけだった。その頃、学校で、自分の赤ちゃんのときの写真があるひとは持ってきてください、と担任の先生から言われていて、オレは母さんに頼んで、二、三枚、持っていった。そしたら、先生が、『みんなは、お母さんのお腹から生まれたんですよ。出産後の姿がいま目のまえにある写真です。お母さんに感謝しましょうね』って、言った。それで母さんに、尋ねてみた」

「人間がどこからきてどこへ行ってしまう、ということを?」

「いや、ぼくは母さんのお腹から生まれてきたと先生に教わったけど、お腹のどこからって」

「なんだ、おへそに決まってる」

悟が胸を張った。

「いいや、それは間違いだ。母さんは『知りたい?』と声を低めて言った。『うん』と応じると、これっきりだからね、とつぶやいて、洗い場に腰を落として、股を広げた。両脚の奥がみわたせた。とっさに『柘榴《ざくろ》』だと思った。でも、実《み》の真ん中に穴が開いている」

「わかったかしら?　この穴から、守が出てきたのよ」

両脚を閉じながら母がつぶやいた。

「……そうだったのか」

「そう。人間はみな女のひとのあそこから出てきて、おぎゃ、と泣くの」

守は正直驚いたが、なぜかほっとしていた。どこからきたのか、といった大それた問いよりも、母親のどこから生まれた、出てきたのか、のほうが身近で大切な、そして知るに急務な課題なのだ。

— □ —


「人間がどこからきて、どこへ行くかは、永遠の問題だ。解けないままでいいんだ。でも、母さんの股の真ん中からとは、まさかと思った。それほど大きくない穴なのに。あそこからオレが出てきたとは。よくぞ母さんは大股開きを行なってくれたものだ。胸に、どすんときた。これで全部だ。オレはのぞいてわかってしまった。あとは見知ったことを、事典で跡づけただけだ」

「……母さんは、ぼくにはしてくれなかった」

「それは、疑問をぶっつけなかったからだ」

「今度、訊いてみようかな」

「もう遅すぎる。小学校の上の学年のオマエにそんなこと、母さんがするわけがない。オレはまだ小さかった。知らないことばかりだった。すべての事柄に何の偏見も、先入観もなかった。でもオマエはもう違う。じき、中学生だ。母さんと一緒に風呂に入ることもないだろう。どうだ?」

応えあぐねた。


そして、だんだんと記憶が胸の奥底から紡ぎ出されてきた。

目のまえには時子がいて、お茶を喫《の》んでいる。

「……さっきの、口の件だけど、思い出してきた。あれは……」

「あれはって、なによ、いまさら」

「みせてくれたね」

「せがんだのよ、あなたが。どうしてこんな大事なこと、忘れてしまっていたの」

「ごめん。いちばん大切なことだった。でもとっさすぎた」

頭《こうべ》を垂れた。

「新婚の頃だ」

「そう。いくら夫婦だってそこまでとはね。わたし、胸に糠味噌をいきなり塗られたような感じがしたわ。それにあなたは電気を消してくれなかった。消すのなら、懐中電灯、持ってくるぞって。悪魔にも似た形相だった。断れば、とんでもないことになるって、わたし、心底から脅えたもの」

「……そうだった。一生に何度もあるもんじゃないことだ」

「そうよ。みせるとしたら婦人科の先生くらいだわ。とっても恥ずかしかった。勇気が要った。あなた、そのとき、何て叫んだか、覚えてる?」

悟は目を閉じた。時子の恥部の真芯がゆるりと脳裡を占めてくる。感染症への恐れが失せ切って交わりがなによりも愉しい時期だった。幾枚もの葉が重なった果てにしぼんだ穴が開

— □ —


いていた。

「思い出した。歯並び、って……」

「そう。上から覗いた歯並びだ、と、わたしは表現された……わたし、高校生のとき、鏡を重ねてみたことがあった。歯肉に映った。歯とは意外だったわ」

「そうだったのか。済まなかった。……でも、兄貴は柘榴だと、その昔、オレに教えてくれた。兄貴のほうが正確だったのだろうか」

「さあ。誰のをみたのかわかんないけど、違っていてもいいのよ」

「違い？　同性なのに？」

「……そうだと思うわ……それからあなたはこうもつけたした。歯医者さんに置いてある模型の歯型の、下の歯列を上からみたのに似ているって」

「思い出したぞ」

「でもね、がっかりしないで。わたしはあなた以外の誰にもみせるつもりはなかった。ほんとうよ。わたしだって、あなたのをさわったり、口に含んだり、じっと眺めたりしているもの。お相子よ。お互い夫婦ですもの。次は赤ちゃんの番だわ」

そうだな、と応えようとして、なぜか呑み込んだ。フェジンの子が生まれてくるのではないか。

とつぜん、時子が、いくわよ、と叫んで股をひろげた光景が目のまえに浮かび出た。

口がぽっかり開いた。肉の襞《ひだ》の重なりが奥へ奥へと濃い蜜色に深まって、奥で灯りが点る。

目をみはった。狐につままれている気がする。

周りはやはり歯列だ。柘榴ともとれるがそうではない。

ぴくぴくと息をしている。

悟も母のここから出てきたのだ。自分の子も時子のそこから生まれてくるのだ。

「せ」の頁の絵図が脳裡をかすめた。あの頃のどきどき感、それがいまは、真芯へと向かう光となって文様へと重なっていく。

キリスト教の教義に「三位一体」という有名な文言がある。私にしてみれば「三『身』一体」だ。この段で言うと本書は「『七』身一体」となる。短篇は、人生や出来事をある面で切り取ってその断面図を表現するものだ。本作の七篇は、時代背景や三ヶ所の地域色を重んじながら、主人公助川悟にとっての「病」、「愛」、「知」、「魂」、「生（性）」などを私なりに想像して作品化したものだ。病者としての悟の生き方、それに時子の選択などに留意していただけたら満腔の歓びである。それがうまくいったかどうかは読者諸賢のご判断を待つしかない。

七編すべて、書き下ろしである。

このたびも未知谷編集部の飯島徹氏、伊藤伸恵氏のお世話になった。厚く御礼申し上げる。

二〇一九年　立春

北摂にて　澤井繁男

さわい しげお

1954年、札幌市生まれ。道立札幌南高校をから東京外国語大学を経て、京都大学大学院修了。小説「雪道」にて第2回『北方文藝賞』と、第18回『北海道新聞文学賞・佳作』を同時受賞。2019年3月末日を以て関西大学文学部教授を定年退職し、著述生活を事とする。専門はイタリアルネサンス文学・文化論。博士（学術）。小説に『復帰の日』（作品社）、『若きマキァヴェリ』（東京新聞社）、『旅道』（編集工房ノア・「雪道」所収）、『鮮血』『一者の賦』『外務官僚マキァヴェリ』『八木浩介は未来形』（未知谷）、『絵』（鳥影社）他。文芸批評に『生の系譜』『「鳥の北斗七星」考』（未知谷）。エッセイに『京都の時間。京都の歩きかた。』（淡交社）、『腎臓放浪記』（平凡社）他。イタリア関連書に『ルネサンスの知と魔術』（山川出版社）、『ルネサンス』（岩波書店）、『マキアヴェリ、イタリアを憂う』（講談社）、『ルネサンス再入門』（平凡社）、『自然魔術師たちの饗宴』（春秋社）他。翻訳にガレン『ルネサンス文化史』（平凡社）、カンパネッラ『ガリレオの弁明』（工作舎・筑摩書房）他。

三つの街の七つの物語

二〇一九年三月　五　日印刷
二〇一九年三月二十日発行

著者　澤井繁男
発行者　飯島徹
発行所　未知谷

東京都千代田区神田猿楽町二 - 五 - 九
〒一〇一 - 〇〇六四
Tel.03-5281-3751／Fax.03-5281-3752
［振替］00130-4-653627

組版　柏木薫
印刷　ディグ
製本　難波製本

Publisher Michitani Co. Ltd., Tokyo
ISBN978-4-89642-574-1　C0093